FRONTEIRAS

As aventuras e desventuras de um sonhador

Catalogação na Fonte
Elaborada por: Josefina A. S. Guedes
Bibliotecária CRB 9/870

A779f
2022

Arruda, Lucia Maria Chataignier de
Fronteiras : as aventuras e desventuras de um sonhador / Lucia Maria Chataignier de Arruda. - 1. ed. - Curitiba : Appris, 2022.
67 p. ; 21 cm.

ISBN 978-65-250-2117-1

1. Ficção brasileira. I. Título.

CDD - 869.3

Appris editora

Editora e Livraria Appris Ltda.
Av. Manoel Ribas, 2265 – Mercês
Curitiba/PR – CEP: 80810-002
Tel. (41) 3156 - 4731
www.editoraappris.com.br

Printed in Brazil
Impresso no Brasil

Lucia Maria Chataignier de Arruda

FRONTEIRAS

As aventuras e desventuras de um sonhador

Appris editora

Dedico esta história ao meu avô Carlos Chataignier, que me iniciou nas leituras; à minha irmã, Gilda Chataignier, que, como jornalista, contava-me tudo sobre as viagens fantásticas pelo mundo; à minha tia Edla, que me ensinou o gosto pelo teatro; ao meu querido marido, Miguel, companheiro de viagens, amante de filmes e livros; e a nossos filhos e netos: Isabela, Tatiana, Marcos (filhos), João Carlos, Carlos César, Ana Luiza e Letícia (netos queridos)!

PREFÁCIO

Como me encanta ler os escritos de Lucia. Desde 2019, tenho a oportunidade de revisar seus textos, opinar, crescer, amadurecer, encantar-me e admirar-me com suas histórias, seus personagens.

Lembro-me que, despretensiosamente, a conheci por intermédio da Editora Appris, com a oportunidade de revisar um de seus textos. Daí, não paramos de nos comunicar, e uma amizade nasceu. Esses tempos, cansada da correria, recordo-me de suas palavras: "Fique bem! Vai dar tudo certo! Beijinhos!". Senti, ali, um carinho singular. Já não era uma relação mera de trabalho, e sim uma preocupação fraterna, de amiga.

Fico honrada em ter o privilégio de, de certa forma, interagir com suas histórias, sua vida. Ter o privilégio de conhecer a mulher forte que é e a jovem alma que, nela, habita. Fico alegre em saber que faço parte de sua caminhada literária, dessa jornada que reserva inúmeras aventuras, inúmeros momentos, memórias, recordações.

Os personagens deste livro, um deles, o principal, inclusive, inspirado em Miguel de Cervantes, são tão reais e genuínos em seus sentimentos e vivências que nós, leitores, desfrutamos da catarse, em que vivemos por meio desses, moldando nosso ser e a forma com a qual lemos o mundo e a nós mesmos.

Aqui, encontrei alegrias, tristezas, memórias, saudade. Senti o amor que outrora foi perdido, os sonhos que cultivamos quando crianças, as memórias afetivas, a luta por uma vida melhor, por um sentido, um rumo. Deparei-me com consciência da liberdade e as consequências desta, e, junto, veio o desejo de portar sementes do esquecer para deixar de recordar de algumas lutas, injustiças e intempéries de nossa jornada. Mas esquecer não seria a solução. Talvez, só talvez, quem somos hoje seja um conjunto do que somos, do que éramos e do que gostaríamos de ser. Talvez, a luta, o crescimento, o amadurecimento e a perda sejam necessários.

Talvez, mas só talvez, os delírios da alma sejam a saída que encontramos para dizer que tudo está bem. E realmente, tudo está.

Ao final, iluminadas "pelo alaranjado do sol poente", nossas "rugas marcadas" poderão "traçar caminhos percorridos pelos séculos", e nós, cansados, adormeceremos, independente de nossas histórias, tornando-nos "pó e ultrapassando" nossas próprias fronteiras.

Como havia a dito à Lucia certa vez: são poucos os meus autores preferidos e, com toda a certeza, ela é uma delas.

Desejo a você, leitor, uma ótima leitura e que estes personagens lhe encantem assim como me encantaram, enchendo meu coração de alegria, esperança e sonhos. Os mais belos.

Curitiba, em um dia ensolarado de novembro.

Renata C. L. Miccelli
Revisora e amiga.

SUMÁRIO

UM LUGAR NA MEMÓRIA, UM TEMPO SEM FRONTEIRAS

Naquela quarta-feira, lembro-me bem — e eu nem sabia em que mês estava —, fui sentar-me com minha avó na soleira do curral. Curral era o nome que se dava à guarda dos bichos, mas, na verdade, só tinha a cabra Ema, que, de tão véia, só dava leite pingado.

— Essa cabra andou de frequentar os botecos da cidade — dizia Zé Pião — É de lá que vem essas manias de café preto pingado!

E a gente ria sem entender sobre o que ele falava. Zé Pião era um viageiro que, das cidades grandes, trazia as carnes salgadas, o açúcar em pedrinhas e os tecidos de chita que minha mãe sempre gostou.

Todo final da tarde, me baixava uma tristeza que eu não sabia de onde vinha. Meu pai dizia que era de saudade. Mas saudade de quê? Eu nunca que desgrudei daquela terra! Fronteiras. Dizem que fronteira é uma linha que divide o lado de cá e o de lá. Mas nunca achei a tal da linha. Minha vó, que tinha na cabeça umas histórias e umas falas de alucinado, é que me ensinava as coisas da vida:

— Nasci no Morro Cabeça no Tempo. Por isso, trago o tempo conforme minhas vontades. Se de saudade padeço, trago as lembranças. Se resolvo dirigir meu tempo que resta, vou pro futuro. Posso agora mesmo estar 100 anos à frente do seu eu de agora — dizia ela rindo, com seus poucos dentes amarelados pelo fumo que mascava.

Eu só tinha 7 anos quando a tragédia aconteceu lá em casa. Lembrar eu não lembrava. Dizem que fiquei de trauma. Mas a vó recontava tudo detalhadinho:

— Se a história é nossa, a gente tem que se apossar dela, repetindo e recontando. Senão, qualquer um muda o tempo e o sentido dos verbos, e a história já não é mais sua.

A vó tinha uma voz grave e não era dada a sorrisos. Hoje em dia, acredito que ela carregava em si muitas memórias e muitas tragédias, referências de uma vida longa e sofrida. Não sei precisar sua idade, mas ela já tinha a cabeça coberta de fios brancos, o que, para a morenice dela, só se dá quando a idade é bem avançada. Ela também contava histórias, só que as que ela contava traziam um misto de fatalidade e arrepio, um misto que, muitas vezes, ficava martelando na minha cabeça e povoava meus sonhos infantis com seres assustadores e pesadelos inconfessáveis. A claridade do fogo no fogão à lenha refletida nas panelas ariadas dava um colorido trágico e assustador ao seu rosto gasto, fascinando os olhos, mas acelerando o meu coração de menino.

Sua especialidade era a galinha ao molho pardo, um dos pratos preferidos do meu pai, filho dela. Nos dias em que ela fazia esse prato, eu me escondia entre os sacos de aninhagem, ao lado da dispensa, e observava, entre atraído e enojado, o assassinato da galinha: torcer o pescoço, despejar o sangue numa tigela, arrancar as penas, lavar, temperar, cozinhar. Ritual macabro e atraente, metáfora do portal que separa a vida da morte, a atração da repulsão. Fronteiras... Numa tigela de barro, ela colocava os ossos do animal e, enquanto remexia a panela com uma colher de pau comprida e fininha pelo uso contínuo, já separava algumas xícaras de arroz cru e despejava tudo sobre a mesa tosca de madeira, no meio da cozinha. Só então eu me aproximava. Gostava de achar os grãozinhos escuros e os amassados do arroz: "Esses, não prestam!", me ensinou ela.

— Você hoje vai provar da galinha? — a vó me perguntou.

— Nunca!

— Mas seu pai vai te obrigar! Você já sabe!

— É, mas eu me escondo debaixo da mesa!

Todo dia, minha mãe preparava uma marmita de arroz fresquinho e eu levava para o pai, na roça. Uma vez ou outra, colocava junto uma carne de sol, mas isso era raro, porque o dinheiro era pouco. Quem levava a comida era sempre eu e minha vó Céu. Maria do Céu era seu nome. Eu achava que era porque ela "vivia nas nuvens", como meu pai dizia.

Criança de roça não têm folguedo: tudo é acontecimento. Por isto, minha mãe pedia para ela me acompanhar, para eu não me perder em distrações. A gente esperava um tanto e depois voltava com meu pai e só não íamos quando chovia: "Esse menino raquitinho mais minhas pernas de véia não podem padecer dessa caminhada na chuva. Ele terá que esperar pra comer em casa", decidia a minha vó.

Um dia, sem ninguém saber de onde, surgiu uma galinha nova no quintal. Num tempo de carências, quando a roça minguou com a seca, foi uma alegria só! O único bicho que sobrou lá em casa foi a nossa cabrinha Ema. Mas esta já era da família, e ninguém ia nem pensar em judiar dela.

Meus pais trataram de engordar a bichinha com tudo quanto era farelo e punhados de arroz. O plano era fazer uma panela farta de arroz de galinha pro pai comer numa sexta-feira, dia de final de roçado.

O que a gente não sabia é que, durante a nossa ausência, quando íamos levar a bóia, um moço bonito, vindo do Ceará, costumava entrar na casa da gente e ficar um tempão lá. Mas sempre saía antes de o pai chegar.

Um dia, a galinha engordou tanto que tava mais vistosa que uma madame. — É hoje que eu quero que você prepare meu prato especial! — disse o pai para a mãe.

E, de fato, ela preparou duas marmitas: uma praquele dia, e a outra, achei eu, pro dia seguinte. Fez aquele caldo grosso com a sangria desembuchada da galinha, misturou tudo e embrulhou a marmita num guardanapo grosso, para chegar ainda quente no roçado.

— Miguel, corra lá pra levar o almoço do pai!

Só que, naquele dia, eu tive que levar minha vó pro benzedor Zé das Cruzes, que trazia poções de cura e benzedura para os doentinhos e os raquitinhos. Ele vinha raramente, e, quando chegava, todo mundo corria pra anunciar sua presença.

— Mãe, vou primeiro com a vó no Das Cruzes. Vamos atrasar umas duas horas, será que o pai zanga?

— Besteira, Miguel! É a mãe dele, ele vai entender. Vou deixar tudo aquecido e vocês levam depois!

Bem mais tarde que a hora de levar a bóia, fomos, a vó e eu, levar a comida do pai. Quando chegamos lá, tava um ajuntamento de gente pra espiar o quitute. Meu pai já anunciara pra todo mundo que, naquele dia, "ia embuchar a pança".

— Mas que tardança é essa, Miguel?

— Fui levar a vó no Zé das Cruzes...

— Ah! fez bem! — e, virando-se para os amigos — Não se preocupem! Eu divido com vocês! — disse, meu pai, e abriu o guardanapo.

Que tinha arroz, tinha. E muito. Mas da galinha só havia os ossos!

— Arroz com ossinhos de galinha? Que qui é isso, Miguel?! Você comeu a galinha no caminho, seu capeta?

— Não senhor, pai! — eu disse, todo assustado — O senhor sabe que eu me arrepio todo de galinha no molho pardo!

— Ele nem tocou na marmita! — confirmou a avó.

— Então vou tomar satisfação!

E saiu arretado na direção de casa. A homada toda o seguia. Surpreendida antes da hora acertada e costumeira da chegada do marido, a mãe foi pega na cama com o tal cearense!

Ela havia dado o arroz cheio das carninhas pro namorado: aquilo ali eram as sobras. O outro arroz bom tinha ficado em casa.

Foi uma gritaria danada, um derrubar de panelas e uma sangria que nunca houvera outra igual! Meu pai, desesperado e humilhado na frente dos colegas, enfiou a faca no coração da minha mãe. Depois, quis fazer o mesmo com ele, mas não morreu não. Errou de alvo ou de vontade de morrer. Só sei que, no chão, todo espalhado, só ficou o arroz com ossinhos misturado com sangue, coisa que a cachorrada da vizinhança tratou de comer!

Eu fiquei sumido até o dia seguinte. Depois, voltei pra casa e não falei por mais de um mês. A casa ficou um silêncio danado. Foi um tempo sem som. Meu pai deu de beber e falar sozinho. Falava que eu era filho do danado e que eu não era gente. Um dia, minha avó estava com muitas dores nas pernas e foi se deitar, ele foi pros fundos da casa, onde a gente tinha uma hortinha magra, e cravou uma estaca grandona no meio dos canteiros, com dois braços laterais, tal qual uma cruz.

— Vem, coisa ruim, vem! — disse ele, cambaleante e com um estranho fogo nos olhos — Vem, filho da desgraça, coisa magra que nem um graveto! Tu não deve nem ser meu filho! Tu só serve mesmo pruma coisa só!

E me agarrou e me amarrou na estaca, como um espantalho.

— Teu nome agora é Espantalho! Vai ficar aí pros urubus não arribar. Magrinho desse jeito e sem assunto, tu não tem outra utilidade. Graveto! Espantalho!

Começou a chover, e eu, a chorar baixinho. Ele entrou em casa e tocou a beber. Minha vó, estranhando a minha ausência, perguntou por mim.

— Aquele espantalho? — e nem responder, ele respondeu. Ficou por ali mesmo, esparramado no chão, caído de bêbado.

Ela saiu na chuvarada e me achou todo encharcado e ardendo em febre. Naquele dia, ela decidiu que ali não era um lugar bom para eu morar.

MORRO CABEÇA NO TEMPO. "MORRO, CABEÇA NO TEMPO!"

Vó Céu não era de muitas palavras, mas gostava de assuntar comigo. Ela não sabia a idade que tinha, mas, na minha observância e no contar de suas rugas, devia beirar uns 80 e tantos anos.

— Vó, qual a sua idade?

— Miguel, cê conta as rachaduras da terra na seca?

— Não sei contar até tanto!

— Pois é: eu tenho a idade da terra seca. É isso.

Quando partimos de Fronteiras, a ideia era seguirmos a pé até Morro Cabeça no Tempo.

— Miguel, o caminho é comprido. Vai dar tempo d'eu ter as conversas que tua mãe não teve tempo de tecer nem teu pai vontade de fazer. Vou te contando das coisas da vida, fazendo teu aprendizado. Quando a gente chegar lá, cê já será um tanto di eu.

Eu não estava conseguindo falar muito desde que meu pai matou minha mãe. As palavras vinham, mas voltavam. Como se não valesse a pena falar, ou se elas dissessem o que eu não queria dizer. Minha vó Céu entendia.

— Cé tá encantado da maldição de ter visto. Por isso perdeu a palavra. Vou te fazer um chá de dormideira. Teu sono vai durar dois dias contados. Cê vai sonhar todas as figuras que viu e conhecer todos os medos do mundo. Quando acordar, vai vomitar muito. Só assim ficará livre. Aí, vai poder falar, cantar e contar.

Naquele final de tarde, minha vó arrumou a tal da dormideira, e eu tomei um potão de chá. Minha noite foi estranha. Sonhei que caminhava contra um vento poderoso, subindo uma ladeira dificultosa como só ela. Minha cabeça ficava cada vez mais leve, e meu corpo, cada vez mais chumbado. Dragões cuspindo sangue, guerreiros dispondo suas espadas à minha passagem e, depois, um todo preto, uma escuridão de silêncios. Quando acordei, minha camisa estava ensopada. Minha vó me olhava aguaritada. Em seguida, vomitei. Mas vomitei muito. Até que a vontade parou.

— Estou com tanta sede, vó!

Ela sorriu e soube que eu tava curado do corpo e um tanto da alma, mas esta, desde esse tempo, assumiu uns delírios que nunca mais deixaram de me acompanhar. A partir daí, de tempos em tempos, como alertado por um além desconhecido, acordavam uns personagens dentro de mim, e eu me sentia possuído. Nessas horas, eu era só um tanto de Miguel, mas me sentia mais como um ser que eu desconhecia nos momentos de lucidez.

Na nossa caminhada até o Morro Cabeça no Tempo, uma coisa eu notei. Mas não sei bem se era de verdade ou se fazia parte de meu mundo de fantasmas: o tempo parava. Se vó Céu e eu estávamos encimesmando uma conversa comprida, o tempo esperava. Parava mesmo. Era um dia compridão, sem tamanho!

Tempos mais tarde, eu entendi que essa viagem era os anos que ela percorreria antes de morrer. Quanto mais adiado, mais eu tinha tempo pra aprender as coisas da vida. Assim, se de importância eram os assuntos, mais o dia retardava a entardecer. E, se era tempo de assimilar as escutas, mais a noite se alongava pra dar espaço de caberem todos os sonhos a serem sonhados.

Uma tarde, me espiando num açude, vi que eu não era mais um menino, como quando eu parti. Devia de estar com uns 14 anos. Olhei aquela imagem com espanto, mas logo minha estranheza aquietou. Eu sabia que quem mandava o tempo agitar era a vó Céu. E se ele achou por bem que eu não fosse mais criança, é porque isso era a coisa certa a se fazer.

Um dia, chegamos a um lugar chamado Batalha. Passava uma procissão. Devia de ter umas 15, 20 pessoas ajuntadas, carregando umas cruzes e algumas caveiras. Era noite, e eles carregavam velas acesas.

Vó Céu se benzeu e me contou que eles faziam a procissão dos mortos. A gente deveria oferecer um tanto dos nossos boquejos, que isso era de educação e de bons agouros.

— Benção, dona senhora!

— Deus te abençoe, caminhante!

— Se assente e coma conosco.

— Agradecido. Tava mesmo carente de um arrebenta-diabos. Tamo caminhando desde Mariana.

E mais, não falaram. Comeram as pequenas porções, nos abençoaram e foram embora em silêncio, seguindo a sua rota. Já começava a amanhecer.

— Vó! Quem são eles? A senhora conhece...

— Eles acabaram de partir, Miguel. Vamos deixar a poeira se assentar. Vá procurar umas ramas de arruda. Tem muita por ali — apontou ela.

Olhei. A procissão já ia longe, e já não havia mais rastro de poeira. Catei umas raminhas e pousei os olhos na figura pequenina da vó Céu. Seu rosto, todo partilhado de ruguinhas, mais parecia um mapa. "E se fosse?", eu pensava. Ela me olhou de retorno, sorrindo. Seus olhos brilhavam. A vó entendia minhas despalavras.

Naquela manhã, pouco depois do sol raiar, partimos.

— Vamos, que temos muita caminhada, Miguel. Mas seguiremos outro rumo, não quero recruzar com a procissão.

— Mas eles tomaram outro caminho, vó Céu!

— Eles vão retornar, Miguel, eu sei. Eu tenho uma dívida com eles.

— Que dívida, vó?! — eu estava inquieto.

— Há tempos atrás, quando meus cabelos eram pretos que nem uma graúna, eles apareceram em Santa Branca, onde morava a mãe de meu marido, Rudá, seu avô, que, na língua Tupi, quer dizer *deus do amor*. Ela esperava a visita da morte e chamou o filho, porque queria que ele, e só ele, fechasse seus olhos quando chegasse a hora. "Mas avisa a Maria do Céu", disse ela, "que, se, à noite, passar a procissão dos mortos, ela precisará se afastar da janela. Não quero morrer antes da minha hora. Dito e feito. Naquela noite, não espiei nem debrucei na janela. Lá pela madrugada, a mãe de Rudá, meu marido, morreu. Ainda demoramos uns dias pra ajeitar as coisas dela, mas deveríamos ter partido no dia seguinte da morte. Estávamos sentados na beira da porta quando eu me alembrei do que ela falou sobre a procissão dos mortos e perguntei ao Rudá o que era aquilo. Ele me contou que o povo daqui sempre se orgulhou muito da cidade, tanto que a apelidaram de cidade presépio. Para eles, tudo era motivo de comemoração, e, para essas festas, organizavam as procissões. Mas a vida em comunidade tinha suas regras. Havia, entre as pessoas, muito respeito e preocupação umas com as outras. Isso era regra. Mas como tudo que tem regra, tem gente que se sente desafiada, por mania ou teimosia, né? E foi o que aconteceu com uma costureira que morava na Rua Direita, perto do Mercado Municipal. De nariz arrebitado e numa pose de desafio, ela resolveu que não ia se preocupar muito com os conselhos do povo. Mas você sabe, Miguel, que quem não ouve o bom conselho ou é louco, ou é bobo. Pois bem: a costureira foi avisada que a cada sete anos, em sexta-feira de lua cheia, acontecia a procissão dos mortos e que devia se guardar e não ficar despejada na janela, como costumava. Mas, no dia marcado, ela cismou de confirmar o que achava uma bobagem do povo.

— O que ela fez, vó? — meu coração batia acelerado.

A vó Céu acendeu seu cachimbo, deu duas longas baforadas e esticou os olhos para os lados dos limites da vista.

— Ela esperou cair a noite e foi para a janela olhar a rua, que já estava deserta, porque ninguém queria pagar para ver. E ficou lá, com sua pose. Enquanto esperava, viu ao longe, no alto da ladeira, apontar uma procissão coalhada de gente. Curiosa, ela não teve medo nem lembrou mais dos avisos, tanto que estava admirada com a belezura da procissão. E ali ficou, na janela, vendo uma fileira de caminhantes tudo vestido de preto, outros, de branco, todos segurando velas. De repente, um deles parou em frente à janela da curiosa e entregou pra ela uma vela que carregava. A costureira logo aceitou, toda prosa, e continuou assistindo a procissão passando e, depois, sumindo nas beiras do cemitério. A mulher, então, foi descansar para a labuta do dia seguinte, mas, antes, guardou a vela que recebeu durante a procissão. No dia seguinte, quando foi procurar pela vela, ela soltou um grito: no lugar do objeto, havia um osso de defunto. Era o osso da canela do defunto que deu a vela pra ela! Cheia de medo e nojo, a costureira correu pra se aconselhar com o padre, que disse pra ela escolher uma ou duas crianças que ainda mamassem para devolver o osso, porque com certeza o defunto voltaria para buscar. Na noite seguinte, a procissão voltou para que o defunto pudesse pegar seu osso de volta. A costureira lá estava no mesmo lugar na janela, mas, desta vez, com uma criança no colo. Ao passar perto da mulher o defunto se aproximou dela, recebeu seu osso da canela e disse que ela só não já estava entre eles por causa da inocência da criança que carregava no colo, mas que voltaria um dia pra pegar a outra criança que estava escondida. "Que outra criança?", perguntou ela. "Uma das que está na sua barriga!".

— Ela estava embuchada!

— Ela não sabia ainda, mas estava esperando gêmeos. Logo depois que um nasceu, o outro veio pro mundo empurrado pela força do ventre. Só que nasceu mortinho. O defunto havia se vingado. Naquela noite, a procissão retornou pra pegar o defuntinho. Só que ele já estava debaixo da terra. Depois disso, voltamos pra nossa terra, o Morro Cabeça do Tempo. Mas fiquei cismada de que um dia voltariam pra pegar alguém que eu quisesse muito... porque, na noite em que eles passaram sob a nossa janela, eu já táva esperando um neném. E dizem que eles sabem quando tem mulher de barriga de menino e acreditam que seja a tal da costureira!

— Alguém de quem você gostasse muito, né vó? Como eu!

— Vambóra, Miguel, que o tempo não espera final de história!

A LENDA DA TEIMA DO TEMPO E O RIO DO ESQUECIMENTO

— Vó, me fale de sua terra!

— Miguel, vou te contar a Lenda da Teima do Tempo. Assim, você vai entender melhor. Eu nasci num tempo de grande seca. E se num tempo de amelhoria, ninguém se cuidava de registrar os meninos que nasciam, não haveria de ser na hora da secura que haveriam de fazer. Mesmo porque ninguém criava esse costume de despachar pros escritórios da cidade só pra dizer que o rebento arribou. Além disso, a maioria, por carência de tudo, nem durava seis meses. Daí, eu não tive nome nem documento de papel. O meu nome, meu pai me deu: "Aqui só tem duas coisas: terra rachada e céu azul, bonitão que só ele. Então, essa menina vai se chamada de Céu". E assim foi. Meu pai tocava gado magro pros pastos distantes e só vinha muito pouco pra casa. Aí, trazia umas rapaduras deleitosas que só elas! Enchia a boca da gente de água! Pra mãe, trazia as chitas e o sabonete. No mais, carregara as histórias que ouvia e as que lembrava de ter escutado de sua bisavó Catenda. Eu mesma conheci a véia: ela tinha uma pele escurecida pelo sol e pela teima do fumo que não largava: era de um vermelho misturado com a cor dos gravetos queimados, parecendo uma montanha de barro desenhada. Umas das histórias que ele me contou era a Lenda da Teima do Tempo...

— Você ainda se lembra dela, vó?

— A história só existe, Miguel, todas elas, quando é contada e repetida de boca pra boca, como já te disse. Ninguém pode apagar aquilo que é contado, cantado e confiado, principalmente num lugar onde só se via o mundo pelas histórias. Pois bem: num tempo que não tem tamanho, lá pros começos do mundo, um povo do estrangeiro, de onde veio um dos nossos, nunca esqueci o nome do lugar: Roma, acreditavam que entre o mundo dos vivos e o mundo dos mortos havia uma fronteira.

— "Fronteira", que coisa estranha, vó Céu! E a gente morava em Fronteiras!— Nada é coincidência, Miguel. Sempre existirá uma fronteira criada ou acreditada. A gente se transporta por ela se quiser ou se fizer descaso dela. Mas vou continuar a história: para aquela gente, os romanos, essa fronteira era um rio, que tinha o nome de Letes, também chamado de Rio do Esquecimento, porque as suas águas tinham o poder de apagar a memória, fazer esquecer tudo o que aconteceu em vida. Lá, as almas dos mortos se ajuntavam na beirada, aguardando a sua vez de beber um gole de água, e só depois entravam na barca que os levava pra outra margem. Todo o povo desviava de rumo pra não encostar no rio, cheios de medo, porque, se tivessem carentes de água, boca seca ou garganta arranhada, não podiam beber aquelas águas, porque aquele era o tal rio Letes, o Rio do Esquecimento, que levava ao mundo dos mortos! Minha bisavó Catende dizia que o Letes era um dos cinco rios do inferno, e suas águas tinham o poder de fazer com que as almas dos mortos que delas bebessem não mais se lembrassem do passado na Terra. E o mesmo aconteceria com os vivos. Coisa do inferno que trás esquecimento!

— Então a fronteira pode ser ou entre o que passou e o que vai acontecer, ou entre a vida e a morte!

— Isso mesmo. A morte, Miguel, pode ser de vários formatos: tem a morte do apodrecimento do corpo, a morte pela saudade, a morte pelo desgosto da vida, a morte pelo esquecimento da própria história e a morte que confunde a marca da fronteira da certeza e da loucura.

— E a Lenda da Teima do Tempo?

Vó Céu me olhou com aquele olhar que vem de longe... não era um olhar de entranhas, mas de uma lonjura de um passado que só ela conhecia.

— Acho que já tá no tempo de você saber dos verdadeiros perigos do mundo e do feitiço do tempo... Cada pessoa, Miguel, faz o tempo de vida que decide. Eu já gastei o meu que sobrara. Quando você nasceu, raquitinho, descarnado de corpo, zôio de inquietude e teima, pensei: esse m'nino carece de vó. Num morro sem colocá ele nos trilhos da vida. Seu pai sempre foi muito tinhoso e ciumento. Ele nunca levantava a vista pros lados do sol se pondo, num apercebia o cantar do ferreiro ou do pintassilgo... e não tinha escuta pros dengos da tua mãe: tudo era só roça e boa comida. Se as coisas saíam fora da hora, ele se enchia de volume, gritava, derrubava o que tinha pela frente, olhos malhados de sangue de raivença. E tomava de pinga... Tua mãe casou bem menina. A família dela morreu numa afundada de barco, lá pros lados do Parnaíba, na festa do Divino. Ela tava cum eles, toda lindinha, vestida de anjinho... Foi a única que se salvou. Toda espantada, ela ficou sem palavrear, e acharam que era anjo de verdade, pois, miúda daquele tamanho, se mal sabia andar, que dirá nadar! Então, devia de ter avoado que nem um anjo! Levaram a pequena pra igreja e até fizeram procissão pra ela. Só que, durante a noite, ela fugiu e, um dia, apareceu em Morro Cabeça do Tempo. Daí que eu criei a menina.

— Junto ao meu pai?

— Junto, mas os dois sabendo que eram de barrigas diferentes. À sua mãe, como não sabia ou não alembrava como se chamava, a gente criou um nome. E não podia de ser otra coisa que não Angélica. Eu fiquei toda metida, achando que, se eu era Céu, Deus tinha enviado a menina pra enfeitá o meu paraíso. Tempos depois, o Zé Pião contou do acidente e da menina vestida de anjinho que sumiu. Mas aí ela já era minha. Mesmo porque, a família dela já era toda defuntada.

— E o meu vô?

— Ele morreu de picada de cobra muito mais tarde. A gente só teve teu pai, mas quando eu estava nas beiras da barriga inútil, embuchei de novo. Na fronteira, Miguel, entre a mancebia e a secura dos ventres. Tava com 58 anos, se é que minhas conta tão fazendo juízo. Mas a gravidez não vingou.

A velha cria uma cara doce, de boas lembranças.

— Teu pai, Miguel adorava a menina! Chegava até a se benzer quando se cruzavam. Mas ela num tava destinada a ser santa. A gente da cidade teimava em fazer romaria pra pequena, e ela foi ficando cheia de confusão nas ideias. Então, entre vida assentada e beirada da loucura, decidimos mudar pra Fronteiras. As coisas se anunciam antes mesmo de a gente tomar as decisões, Miguel. Ce vê: a menina estava vivendo uma vida que não era dela. Ia ficar desarrazoada. Tava na fronteira da boa cabeça com a confusão do juízo. E aí lembrei que essa cidade, Fronteiras, tava carecendo de roceiro. E fomos pra lá. Seu pai foi trabalhar na roça, e a sua mãe foi abonitando. Nessas eras, ele já não olhava pra ela como pruma santinha: já via nela essas coisas que os homis tudo gosta. Angélica, por sua vez, gostou de ser apreciada. Quando o vigário fez sua visita na nossa cidade, resolvi casar os dois. Ocê nasceu menos de um ano depois. Mas a vida dos dois num era boa. Angélica era toda cheia de fogo e dengo, e seu pai, cerrado de cara e de coração, foi deixando ela de lado. Preferia a pinga. Daí aconteceu o que você já sabe.

— E você me tirou de lá.

— Aquilo que aconteceu era um sinal, Miguel, mais um. Se a gente ficasse, a loucura te ganhava. Ou a morte. A gente estava de novo na fronteira!

— Vó Céu, eu tenho medo!

— Medo do quê, Miguel?

— Por enquanto, você tem sido minha guia, me alerta das fronteiras, me faz pensar com as histórias que conta... sinto que vou me tornando mais sábio e mais forte de corpo e de vontade, mas...

— Mas tem medo que eu morra e você fique sozinho no mundo...

— É isso mesmo, vó Céu! E se eu não souber... não lembrar... não conseguir...?

A SEMENTE DO PODER MUDAR

No dia seguinte, ventou muito. O tempo mudou. Vó Céu parecia mais agitada do que seu costume.

— Miguel, eu num tenho riqueza que não seja os saberes da vida e as histórias recontadas. De maneiras que, das coisas do mundo, só carrego umas precisâncias — ela abre uma sacola de cânhamo bem surrada, que está sempre assentada na sua cintura, e tira de dentro seu cachimbo e um tanto de fumo de rolo, umas palhas e, por último, uns panos de troca, um capim cheiroso e um embrulho bem cerrado num pano surpreendentemente branco.

— Miguel, cê tá alembrado da água do esquecimento?

— Que tem no Rio do Esquecimento?

— Ela mesmo. Só que não se pode comandar a vontade do tempo que não é só nosso. Se isso pudesse, a gente mandava chuva pras nossas terras e num ficava de esperança nas rezas dos que vem falar bonito na época das eleições!

— Isso é bem verdade, vó.

— Pois então: esse rio existiu, mas nunca se soube o paradeiro, pois quem sabia bebeu de suas águas e esqueceu. Mas, antes disso, teve uma mulher que guardou um bocado daquela água e levou pra sua casa. Ela era de uma boniteza que só ela. Era a minha vó Catende, ocê lembra que eu falei dela, né? Pois ela casou com um estrangeiro rico, e eles foram pras terras dele.

— Roma!

— É, Roma. Ele contou a lenda pra ela e disse que sua família sabia onde ficava o rio, que era, hoje em dia, um riozinho de nada, escondido por dentro de uma caverna nas terras que sua família possuía há um montão de anos! Claro que ela quis ver o rio e guardou um bocado da água! Vai que o rio acabe de vez, ou vai que precisasse se esquecer de uma aflição!... E vieram de volta pra terra dela, porque a mãe da bisavó Catende estava muito doente, e ela era a única filha viva. Só que a coitada morreu antes da filha chegar... Ela chorou muito e ficou a matutar que num guentaria outra perda: ou do marido que adorava, ou dos filhos que queria de ter. Mas sabia que num adiantava de guardar a água, que, no calorzão do Nordeste ou com o tempo corrido, a água ia secar. Um dia, ela sentiu uma comichão nos zôio que não passava, mas acabou se ajeitando com aquilo. Fazia que não notava. Só que a coisinha era uma semente que criou raíz bem dentro do seu olho. Nesse dia, ela teve uma ideia: se a semente se apegou tanto a seu olho, ela podia fazer ela crescer na terra e regar com a água do esquecimento. Assim, a semente, se esquecendo de que fruto era, brotaria como uma planta nova, a planta do esquecimento. E assim como pensou, fez. Cresceu uma arvrinha ajeitadinha que só ela. Ninguém sabia que árvore era aquela, pois nem a própria planta sabia. Daí, nasceu um frutinho. Só um. Bisa Catenda, então, esperou ele ganhar viço e guardou as sementes. Contou pros filhos pra cada um deles guardar sua semente e, num dia de precisância ou melancolia, quando não alcançassem a esperança, plantassem a arvorezinha e mastigassem seu fruto. Mas nunca deixassem de guardar suas sementes, que deveriam passar pras geração de chegar.

Vó Céu desembrulhou o pano e apareceram duas sementes.

— São suas, Miguel. Use se precisar esquecer, ou se o sofrimento for mais forte que sua vontade, ou se ocê num conseguir passar por alguma fronteira que seja muito especial, ou se sua vida depender disso. Mas use com sabedoria. Ela poderá mudar seu destino, recomeçando sua vida.

— Meu pai deveria ter mastigado a semente pra esquecer o que viu... assim, a minha mãe não teria...

Vó Céu cortou a palavra:

— Não pense que eu não quis dar a semente pra ele, Miguel. Mas seu pai fez pouco e jogou ela pela janela, que nem jogava a felicidade fora. Daí, eu catei elas de volta e guardei procê.

Miguel recebeu as sementes e as guardou dentro do seu alforje. O vento não parava de assoprar. Olhou para vó Céu e a viu de mãos ajuntadas, como se rezasse, e pensou: "Ela não é das rezas... o que estará fazendo?".

Como se lesse o pensamento do menino, ela falou:

— Estou ajuntando a poeira do tempo. Esse pó que avoa, Miguel, é o mesmo que os primeiros habitantes da Terra viram. A poeira, a terra, tudo isso num acaba. Cada grãozinho, Miguel, traz pedacinhos do passado. Eles são, também, as pessoas que moraram aqui e no resto do mundo! Miguel, eu estou segurando o tempo!

O rosto de Céu, iluminado pelo alaranjado do sol poente, estava lindo! Suas rugas marcadas pareciam traçar caminhos percorridos pelos séculos. Ela se deitou e adormeceu. Aos poucos, sua pele quadriculada de vincos foi se misturando com o chão rendado da seca. Ela havia se tornado pó e ultrapassado sua própria fronteira. Minha dor foi de uma imensidão dos diabos! Fiquei matutando se devia plantar já a primeira semente pra esquecer meu passado, a perda da minha vó querida, mas meu corpo, cansado, adormeceu.

No dia seguinte, acordei com o som de uma espécie de sino. Esse foi meu primeiro encontro com meu novo companheiro de jornada. Come Zero me sorria um sorriso amplo. Eu sorri de volta, e tocamos a andar num rumo que eu não sabia qual, mas isso pouco me importava.

UM VELHO CHAMADO VISÃO

Apesar do nome, Come Zero era um sujeito gordo e risonho. Falava quase sempre em rimas e tinha frases que me pareciam feitas para cada ocasião.

— Andarilho? — perguntei.

— Eu espalho meus passos pra prurar espaços — respondeu ele — E tu? Vai pra onde?

— Num sei de agora, mas quero.

— Querer já é bom. Você vai chegar lá — assegurou ele — Só tem de cuidar de teus trens de valor. Dizem que, por esses caminhos, tem muito ladrão.

— Minha vó Céu, que me acompanhava até bem pouco, morreu. Ela falava das fronteiras e contava casos de avessados que mudaram o rumo da vida.

— E qual teu rumo de intenção, companheiro?

— Eu não sei ainda.

— Se você não se desgostar, caminhamos juntos...

— E qual o teu rumo?

— Eu sou o que não pode ver injustiça. Ando sem paradeiro e, se vejo alguém ser judiado, me intrometo até o malvado se emendar.

— Mas não é perigoso? Você nem armas tem!

— Perigoso é passar a vida sem ter agido como homem, sem defender os fracos e os humilhados!

— Minha avó também pensava assim. Vai ver é isso que devo de fazer!

— Pois façamos juntos!

— Você fala bonito... teve em escola?

— Eu podia te dizer que a escola é a vida, mas sim, eu estudei um pouco... e fui da igreja.

— Você é padre? Benção, então!

— Deixa disso! A maior escravidão é a subserviência!

— E o que é isso?

— É você ser capacho pros do poder limparem os pés, amigo.

— Mas o mundo num é feito dos que sabem e dos outros, que nem eu, que têm que serviçar eles?

— Não é do homem seu servo, Miguel. A única servência é a que nos presta nossa sombra. Todo homem é livre.

— Eu não sei meu rumo, Come Zero! Não quero ser um andarilho sertanejando sem um porquê... não conheço a vida nem os grandes homens, não sei perceber um inimigo, a não ser as lacraias e os peçonhentos...

Miguel, abatido, olhou o sol se pondo, e seus olhos procuraram um além bem mais longe, mas onde fica essa lonjura? Os dois resolveram, então, sentar para descansar.

— Já vai fazer noite. É melhor a gente se ajeitar e começar a caminhar cedo, pois o futuro não espera pra se fazer presente — disse Come Zero.

— O que tu carrega na sua sacola? Já vi que nada come, nem de reza tu te apega...

— Trago o mais precioso dos tesouros!

— Ouro? Fruta? Ou será poção de bem-fazer e curar? — perguntou Miguel.

— Nada disso: o que trago não é de cura, embora possa curar, nem de comer, apesar de ser alimento. Ouro? Ouro é brilho e gera ambição, mas mais brilhante, de ofuscar mesmo, aqui dentro está!

— Me amostre, companheiro, que sonhar eu preciso! Minhas noites estão vazias como o pretume do nada, meu coração quase não bate de tanta falta de abalo!...

Come Zero abriu a sacola e, dali, retirou livros surrados, nos quais passou a mão carinhosamente.

— Vamos cuidar de preparar uma fogueira com as galharias secas e fazer com que a noite retarde. Vou te contar algumas histórias.

Come Zero retirou o primeiro livro e o mostrou a Miguel, entregando ao amigo. Tratava-se de *Dom Quixote de La Mancha*, de Miguel de Cervantes.

— Miguel? Então, no mundo, há outros Miguéis! — disse ele sorrindo, com brilho nos olhos — Mas eu não leio de olho percorrido, amigo! Só sei algumas palavras, e nem essas sei escrever direito...

— Não se avexe, meu caro. Eu vou te amostrando as figuras e te contando a história.

Os dois, lado a lado, a princípio aproveitando os últimos raios do sol e, depois, a fogueira, passaram a noite cavalgando seus cavalos imaginários na longínqua Mancha. Depois de muito caminhar sob a luz da Lua, adormeceram.

Na manhã seguinte, bem cedinho, acordaram com um fungar estranho. Miguel foi o primeiro a abrir os olhos e pular assustado: um jegue de pouco tamanho, como bicho domado lambendo o dono, cheirava suas fuças.

— Arre, sô! Um jegue?

Come Zero, mais sossegado, abriu um olho de cada vez: um só pra olhar, outro só para ver.

— E tem marca do dono? — perguntou.

Miguel rodeou o bicho e não achou nada.

— Tem não!

— Então é nosso — decidiu — Eu, que sou mais velho e carrego mais peso, vou no jegue. Mais tarde, você terá seu cavalo.

— Cavalo? Tu tá de bobeira! Como vou ter um cavalo?

— O destino mandará. E se não mandar, manda buscar.

Os dois caminharam lentamente em direção oposta ao sol, para a vista não secar. Algumas horas depois, avistaram um pequeno conjunto de casinhas em volta de um ribeirinho. Um cachorro veio correndo e latindo na direção dos caminhantes. Vinte minutos depois, chegaram na aldeia.

— Bons dias! — disse Come Zero para um homem carregado em anos, o qual os observava desde que despontaram na paisagem.

— Bons dias! Quem são vocês?

— Eu sou Come Zero, e esse aqui é o famoso senhor das Fronteiras, Miguel Cabeça no Tempo!

— Ele é famoso, e tu que monta o jegue — comentou o ancião, rindo de boca escancarada.

— Não faça troco, velho homem. Ele está por seus pés porque tem uma missão nesta terra, por isso se sacrifica e purifica seu coração!

— Sejam bem-vindos! Eu me chamo Zé Tomé, mas pode me chamar de Visão!

— O senhor tem visões?! — perguntou Miguel, interessado.

— Mais não falo. Visão é vapor, não é de se contar. Quando acontece, acontece. E pronto.

Mais, Miguel não falou. Come Zero pediu um lugar para repouso e um tanto de capim ou grão para o jegue. Visão assoprou um berrante, e uma mulher apareceu.

— Mande o Jesué alimentar o jegue e prepare a mesa pros convidados, Maria.

Os dois entraram na casa dela. Maria, então, os serviu de pão e café quente. Um meninote, Josué, foi designado para cuidar do bicho.

O sol estava a pino, e os dois resolveram esperar mais um tanto pra continuar sua jornada. Miguel deixou Come Zero assuntando com Visão e foi esticar as pernas no ribeirinho.

O sol ofuscava a sua vista de forma que ele aguçou a escuta: por trás de um samburá de roupa branca até a borda, uma mulher cantava. Miguel nunca ouviu uma voz tão bela. Correu a espiar de quem era.

Era uma moça jovem e sorridente, debruçada no rio, esfregando um tanto de roupa.

— Bom dia! — disse ela — Você deve de ser o chegante! Como tu te chamas?

— Miguel — com um fiapo de voz, disse ele.

— Bonito nome! Nome de arcanjo! Eu me chamo Josefina. Mas gosto mais que me chamem de Fininha!

— Fininha? Fininha mesmo?

— Ué!? E por que não poderia ser? Tu num aprecia meu nome? — perguntou zombeteira.

— Eu? Ora... claro que é de meu gosto! Mas ocê num tem um namorado?

— E se eu tiver? Isso não proíbe a gente de assuntar!

— Ah, é verdade!... mas tem?

— Namorado? Não. Tem um moço, o Matias das Facas, que fica brejeando eu, mas num gosto do jeito dele não. Só na hora do torneio das pontaria é que me apeteço!

— O que é isso? *Torneio das pontarias*?

— É uma festa que tem todo ano aqui. Os padres não gostam não. Dizem que é coisa do capeta!

Ela para e encara Miguel.

— Ocê tá de intenção de assentar por nossas bandas?

— Eu tô de missão: procuro minha guerra particular. Devo encontrar os inimigos.

— Que inimigos? — pergunta, arregalando os olhos, curiosa.

— Inda num sei. Mas todo aquele que escapar da bondade, todo aquele que fizer uso da força pra maltratá ou escancarar a porta dos infernos pra perturbar a gente boa é meu inimigo!

— Bonito, isso! — Fininha sorri — E num quer ficá pra festa de São Cipriano? Hoje é dia 17 de setembro... tá na beirinha do dia da festa que te falei, que é dia 2 de outubro, quando tem o *Torneio das Pontarias*!

— Tá acertado, eu fico.

E ela me deixou ficar. Nunca fui de tomar decisão assim, de rompante. Mas a vontade de ver a Fininha todo esse tempo me adoçava a boca.

Enquanto isso, Come Zero fez amizade com o velho Zé Tomé, e os dois ficavam às confidências por horas e horas. Um não comia, outro não arredava o pé de seu banquinho. E por serem direfentes, não questionavam sobre suas manias, suas diferenças, suas crenças. Um dia, Zé Tomé disse para Come Zero: "Tu tem um vazio de barriga". E o outro balançou a cabeça, concordando com o que mais não foi dito. Os dois dormiam na casa da esquina, espécie de abrigo para os chegantes e os sem casa. Conversavam até a voz enrouquecer de tanto palrar. Luz? Não tinha, mas Come Zero percebeu que os olhos do amigo emanavam uma luz própria que abrilhantava o ambiente. E achou aquilo muito natural. Na manhã seguinte, o velho, na sua primeira palavra, disse:

— Meu olho é cego, mas eu tenho visão. É uma visão de dentro, castigo de São Jorge. Eu não confiei na palavra do santinho e fui castigado. Agora, só vejo pra dentro.

— Santinho? — perguntou Come Zero.

— Eu era um menino de nada, desenganado de saúde. Um dia, passou um homem carregando um santinho milagreiro. Ele disse que era só eu beijar os olhos da imagem que eu ia ficar com saúde. Todo mundo pediu, mas eu não quis saber, disse que não beijava olho nenhum, só os olhos da minha mãe mortinha, quando ela fosse, e que num fazia fé nele não. Daí, no dia seguinte, minha mãe morreu, e quando fui beijar os olhos dela, os meu escureceu. Eu era só Zé, mas, por ter duvidado, me chamaram de Tomé também. Chorei três dias e três noites, até que, noutro dia, acordei pra dentro.

— E o que você vê, Zé Tomé?

— Tudo o que o olho num sabe e o que a vida ainda não mostrou.

E mais não foi dito.

FACAS, PONTARIAS E FEITIÇARIAS

Dia 2 de outubro, noite de São Cipriano. O *Torneio das Pontarias* é aguardado com ansiedade na pequena comunidade. Vindas sabe deus de onde, as pessoas, tal qual formigas encantadas por um néctar irresistível, convergiam para o centro da praça, na parte de trás da igreja, pois o dia não é pra santo nenhum ver, e a noite pertence ao arrenegado.

Procurei por Fininha em todo canto, mas ela não estava na vista que alcança nem muito mais além. Uma pequena multidão se assanhava e se acentava na frente de uma espécie de palco improvisado, sobre o qual um cortinado encarnado escondia um alvo. As horas foram passando, e, aos primeiros sinais do crepúsculo, seis homens acendenderam tochas ao redor do palco. Olhei para aquela gente desconhecida e comecei a ficar apreensivo. Moças bonitas, de saias rodadas, uma de cada cor, andavam de mãos dadas em volta do ajuntamento que se formava cada vez maior. De repente, percebi que Finhinha era uma delas. Chegei a sorrir e a tentar segurar suas mãos, mas ela passou rente sem me olhar. Tentei puxar a beirada de sua saia, mas ela não me olhava. Envergonhado, eu me afastei.

As zabumbas começaram a soar. Os Maracatus de Baque Virado responderam, começando em ritmo compassado e, depois, se acelerando. O clima se tornou frenético, as moças correndo cada vez mais rápido, olhos parecendo alucinados, os pés descalços.

De repente, um galope se sobressaiu aos tambores, e tudo se calou: sobre um cavalo preto reluzente, surgiu um sujeito imponente, roupa negra, brilho de facas por todos os lados, cuchillas enfiadas nas laterais de um colete de couro de boi. É Matias das Facas, o dono da noite de São Cipriano.

A um gesto seu, as mocinhas, 14 ao todo, subiram no palco, e, num gesto rápido, ele puxou o pano vermelho que encobria a grande roda da morte: começava o *Torneio das Pontarias*.

Comecei a sentir um gosto amargo na boca, misto de ciúme e mau pressentimento, exalando aquele odor do medo, só perceptível às narinas dos animais ou à sensibilidade de um cego com visão.

Zé Tomé se aproximou de mim e falou:

— Vou te contar uma história, Miguel: São Cipriano era um pagão que virou cristão, mas, antes disso, seu nome estava amarrado à magia, coisa de feitiçaria. Ele escreveu um livro que falava que, numa noite de sexta-feira, caminhava por uma rua deserta quando se viu com 14 fantasmas bem na frente dele. Essas aparecências eram bruxas que pediam ajuda a ele. Cipriano respondeu que estava arrependido de sua vida de feiticeiro e que havia se tornado cristão. Os fantasmas, então, se afastaram. Logo depois, ele caiu num sono pesadão e sonhou que a oração do Anjo Custódio o livraria daqueles fantasmas. Ao acordar, viu o Anjo em pessoinha mesmo! Daí, ele rezou a oração e se livrou das bruxas. Por aqui, contam que o Zé das Facas é a encarnação do coisa ruim do São Cipriano e que tem uma dívida co'as bruxas! Daí ele juntar as moças mais cobiçadas!

— E o que tem isso a ver com o *Torneio das Pontarias*?

— As bruxas queriam um favor, que não foi feito. Elas queriam que ele ficasse com uma delas pra, juntos, fazerem um filho. Tou falando do São Cipriano. E ele se recusou, lembra? Virou santinho, mas elas não esqueceram não! As bruxas querem encarnar em uma das moças pra que ela siga com ele, pros dois formarem um casal embruxado pra espalhar a maldade! Se a moça se negar a ir com ele, você sabe... a maldição continua. O torneio tem continuado até agora porque ele nunca di acertou nenhuma. Parece que o lado bom dela não deixa ele errar nunca! Sabendo que ele está disposto a só ser atirador de facas, elas podem fazer magia, e... numa roda de 14, sempre há uma faca que escorre de mal jeito da mão e acerta alguma delas... Até agora, ele nunca de acertou nenhuma, mas, se ele acertar uma, o sangue da bruxa vai findá o torneio. E sabe por quê? Porque os dois vão ter que ir pras lonjuras do inferno pra procriar! E, disso, ele não escapa, nem não querendo! Dizem que um vento quente vai soprar e embaçar tudo. E, quando toda a gente se der conta, eles já terão partido! É isso.

— Mas isso é perigoso! E se ele acertar uma delas hoje? A Fininha... Porque elas ficam di concordância com essa bruxaria?

— Porque, pra elas, Miguel, é uma honra di ser escolhida como moça da roda da morte. Dizem que dá sorte. Elas acreditam que, se a bruxa for morta, elas poderão fazer corte ao Matias das Facas, porque aí ele já terá virado hômi di verdade e se desembruxado. Elas todas querem ele pra cama e barriga emprenhada, mas não sabem que ele irá embora com a alma da moça que tenha esfaqueado!

— Não! Não! Fininha num pode di querer isso pra ela.

Visão ri da ciumeira de Miguel.

— Ocê tá gostando dela... mas ela quer mesmo é ser embarrigada por ele! — e ri mais ainda.

As moças subiram em pequenos pedestais presos à grande roda da morte. Suas mãos foram amarradas por trás da viga que a sustentava. Seus olhos foram vendados para não jogarem encantamento de moça na pontaria de Matias das Facas. Novo rufar dos tambores e, depois, um grito acionou a roda. Depois, silêncio total. Eu estava agoniado, andando de um lado para outro, suando muito. Uma volta, duas voltas e a faca foi arremessada. Os quatro elementos, terra, ar, água e fogo comandavam cada uma das quatro voltas da roda. Na última volta, o voo rasteiro de uma coruja anunciava uma tragédia. Matias das Facas acertou uma das moças. Na mesma hora, a roda foi parada, e as moças, libertadas pelas anciãs da aldeia. Fiquei enlouquecido: queria saber se a moça com a faca no coração era Fininha. Queria correr até lá, mas fui impedido por Visão.

— Não é a Fininha.

— Como tu sabe? E se for ela? Tu é cego!

— Mas vejo as coisas do coração. Você num deve di chegar perto. Agora, as moça vão cortejá o homem e banhar ele pra fazer sair tudo o que resta do demônio. Mas se ele se encantar pela moça que acertou, nada no mundo vai fazer ela arredá de lá! E as bruxas estarão vingadas.

— Então, Visão, acabei de achá meu primeiro inimigo!

De fato, não havia sido Fininha a moça atingida pela faca. Conforme Visão anunciou, uma nuvem de terra adentrou na aldeia e, com ela, desapareceram a moça e o Matias das Facas. Um cheiro de amônia infestava o ar.

Procurei Fininha por todo o canto, mas não a encontrei: estava convencido que iria levá-la comigo pra todo o sempre, no fim ou no começo do mundo. Cansado pela tensão, adormeci.

No dia seguinte, Come Zero me acordou:

— Miguel, temos que partir.

— Vou catar a Fininha. Ela vai ser minha mulher, Come Zero!

— Miguel, Fininha não está mais entre nós.

— O que você ta falando, hômi?

Come Zero caminhou em silêncio, e eu o segui, alucinado. Na sombra de um ipê, à beira do riacho, Fininha balançava, pendurada com uma corda, no galho mais alto daquela árvore.

— Essa árvore é conhecida como a "árvore dos desejos" — disse Zé Tomé — Ela estava apaixonada pelo Matias das Facas, mas, vendo que ele foi embora com outra, ela não aguentou de dissabor!...

Desesperado, fui correndo até não mais querer parar. Agora eu sabia que os inimigos podiam estar em qualquer lugar. E eu os haveria de encontrar e acabar pra sempre com suas maldades. Mas a maldade é traiçoeira. Nem tudo o que sonhamos fazer é possível realizar. Novamente, as fronteiras.

INIMIGOS, SANTOS E SÁBIOS

Desde que deixamos a aldeia, eu e Come-Zero não trocamos uma só conversa. Ele sabia que, pra digerir dor de amor, não havia palavra que fosse providenciadeira. Fininha escolheu a morte, e eu nem pude fazer nada. Me sentia um fracassado por não ter percebido a tristeza dela e também por ela não ter me gostado. Dentro do amargo de meu coração, eu só pensava em vingança. No terceiro dia, ao sentarmos para abrir fogueira, Come Zero comentou:

— Visão mandou um recado procê.

— De que assunto?

— Disse que você vai encontrar o verdadeiro inimigo antes de achar o seu rumo.

Nesta noite, sonhei com vó Céu. Ela contava que as águas mais claras estavam às vezes nos cantos mais escondidos. Mas eu não partilhei meu sonho com meu companheiro. Fiquei a cismar se era hora de usar uma das duas sementes do esquecimento, pra não sofrer daquele jeito. Queria esquecer Fininha, mas, só de pensar em não mais ter ela em meus pensamentos, eu desistia, pois, mesmo doendo, era uma maneira de ela estar presente. E, além disso, eu prometi à vó Céu que eu plantaria a outra semente pra ela dar frutos e, destes frutos, extrairia mais duas sementes para continuar a tradição. Assim, decidi adiar o esquecimento. Talvez, no sonho com a vó Céu, ela quisesse que eu fizesse isso.

No dia seguinte e nos que se seguiram, eu caí de febre das mais esquentadas. Na minha percepção do mundo, os dias não amanheciam, como se um longo e espesso manto de negritude tivesse baixado sobre a terra. Sonhava frequentemente com a vó Céu, que me passava rezas, predições e pragas. Eu, no meu delírio, tentava decorar as falas, mas não conseguia. Daí, ela repetia e repetia. Eu não sabia mais o limite do que era do sonho e o que era da razão. Minha febre durou muitos dias, e, quando acordei, achei que estava no céu: umas vozes de homens cantando numa língua que eu não conhecia e um lugar muito bonito, de teto alto e janelas com vidros coloridos ajuntados em pedacinhos. Eu estava sobre uma cama, coberto com lençóis brancos, e, de uma janela aberta, vi um galho de árvore que balançava.

— Morri? Então é isso, o paraíso — falei, sem esperar resposta.

Uma porta pesada se abriu, e um tipo de religioso surgiu carregando uma tigela e uma toalha. Ao ver que eu acordei, espichou um sorriso: "Deus seja louvado!", disse e veio ao meu encontro.

— Aqui é o paraíso? — perguntei, desajeitado.

— Bom-dia, Miguel! Não, não é o paraíso, mas bem que poderia ser! — disse ele, rindo — Você está no convento dos frades de São Francisco. Seu amigo trouxe você para cá, pendurado no jegue, pois tua febre ardia tanto que arriscava de queimar os miolos!

— Há quanto tempo tou aqui? — quis saber.

— Deixa ver... Hummm! Hoje fazem 24 dias. Ou noites, se você preferir! Olha, eu trouxe água pra tua lavagem! Quer se assear agora?

Puxei as cobertas, envergonhado.

— Não careço de limpeza não senhô!

— Pois bem, vou deixar você à vontade. Estamos todos lá embaixo, no refeitório. Seu amigo, inclusive! Que bom prato é ele, hein? — e rindo, foi saindo. Quando ia fechar a porta, se voltou pra dizer: "Sou o frei Solano: qualquer ajuda, é só chamar!".

Eu esfreguei os olhos com força: então, estava num mosteiro, dormi por 24 noites e, ainda por cima, vêm me dizer que Come Zero se empanturra?! Levantei-me, curioso e cheio de fome, e desci a escadaria.

Numa extensa e tosca mesa, seis frades sentados comiam pão e tomavam sopa. Na cabeceira, empanzinado entre uma enorme fatia de pão caseiro e uma tigela cheia de sopa até a beirada, Come Zero reinava.

— Pois então você acordou! — disse ele.

— Come Zero! Tá tudo de ponta-cabeça! Tu, que de nada comia, está estrumado de pão até os miolos, e eu, que me acreditava forte, dormi por tanto tempo! Tou estremunhado! — respondi.

O mais velho dos frades levantou-se e tomou a palavra:

— Você esteve muito doente, mas as nossas orações e cuidados te trouxeram de volta. Soubemos que você luta contra as injustiças e que quer alcançar o seu destino.

— É bem verdade... quero ser que nem Dom Quixote!...

— Mas, pra isso, tem que saber reconhecer seus inimigos e fugir dos bons faladores! Estes ganham a confiança dos crentes e se aproveitam para enganar e roubar... mesmo dos pobres!

— Eu nada tenho, irmão, e nada temo também!

— Não só de bens materiais devemos cuidar, Miguel, mas dos maiores bens, que são nossa retidão, nosso sentimento de justiça e nossa riqueza interna!

Baixei a cabeça e lembrei de Matias das Facas e Fininha.

— Tenho que fazer justiça com um enfeitiçado que levou a mulher dos meus sonhos! Partiremos hoje mesmo!

— Tudo bem, amigo, nós vamos preparar uma cesta de pães e carne de sol, uma botija de água para cada um de vocês e... um cavalo. Afinal, cavaleiro deve ter seu cavalo, não é mesmo? Mas, se não me levar a mal, pois só o bem eu desejo a ti, vou te fazer uma recomendação: a vingança não satisfaz ao vingador, pois quem a comanda é o ódio. Se a mulher de seus sonhos foi levada pela vida ou pela morte, é porque ela, antes mesmo disso, já decidiu seu destino: ou seguir o homem que amava, ou morrer por falta dele.

Refleti sobre essas sábias palavras e decidi que tentaria esquecer Fininha. Não foi a mim que ela escolheu, afinal.

Na manhãzinha seguinte, ao nascer do sol, partimos eu, o cavaleiro com seus ideais, Come Zero e sua pança recheada, um jegue e um cavalo, em direção ao Morro Cabeça no Tempo, dispostos a punir os inimigos e defender os injustiçados.

Dois dias depois, notamos uma revoada de carcarás. Ao nos aproximarmos, vimos que um corpo jazia ao lado de um poço. Ao seu lado, esparramado como um resto de lixo, um homem que eu reconheci como o Zé Pião, o viageiro. Sua mala de ambulante estava aberta, e seu rosto, desfigurado por golpes de pedras que nem de cuidado tiveram de retirar dali.

— Ele era uma pessoa tão amiga de todo mundo!... Trazia os panos pros vestidos da mãe!... Mas que mundo é este? Parece uma provação! Depois de um enfeitiçado roubador de mulher dos outros, agora isso! Parece que vou ter mais inimigos pra bater, Come Zero, do que eu podia adivinhar!

— A maldade, Miguel, tem várias caras! Você sofreu dor de amor, agora perde um amigo... mas outras maldades ainda serão vistas, acredite, pois, em matéria de diversificação, o ser humano é um mestre!

— Eu vou me preparar pra lutá com os inimigos, Come Zero, tu vai ver! E com a raiva acumulada, não terá homem que me irá vencer!

Nos dias que se seguiram, eu procurei uma árvore que me desse uma ramagem forte pra forjar minha arma, já que eu era desprovido de outra defesa. Achei uma Aimara, árvore pequena, mas de madeira resistente, e comecei a construir meu espadão.

E assim, as duas figuras, eu, o justiceiro Miguel, em meu cavalo crioulo, presente dos frades do mosteiro de São Francisco, e meu companheiro de jornada e contador de histórias, Come Zero, partimos à cata de inimigos, em direção ao Morro Cabeça no Tempo. Eu achava que a jornada se completaria entre os espaços de Fronteira e a terra de minha vó Céu e que, se nesse tamanho de lugar eu justiçasse os inimigos, já teria feito a minha parte. Eu me assentaria, plantaria a semente e teria um filho. Depois que ele tivesse a ideia da razão, eu falaria da semente pra ele. Então, eu estaria pronto para partir desta vida, ou pelo menos esquecer meu sofrido passado. Mastigaria a semente do esquecimento, e o resto do tempo que me restasse, eu o inventaria na hora.

Nas beiradas do sertão que antecedia o final da caminhada, encontramos um grupo alegre de mambembes. Como a gente estava carecendo de repouso, nos assentamos para espiar o espetáculo que começava: malabaristas, tocadores de pífaros, animais ensinados e um velhinho quase plissado de tão dobradinho dentro de um malão todo pintado de estrelas. Duas crianças fantasiadas com roupas coloridas e guizos correram até nós.

— Querem conhecer sua sorte? A adivinhadeira pode botar as cartas procês!

Eu logo fechei a cara.

— De sorte e desdita eu entendo. Não quero saber meu futuro porque quem traça a minha história sou eu mesmo!

Irritado com tudo o que fosse de magia, feitiçaria ou adivinhação, eu me afastei e fui em direção ao velhinho encaixotado.

— Quem é você, velho homem? — perguntei.

— Sou o sábio que entende de assanhadeira! — disse ele enigmático — Tenho, aqui, poção pra mulher embutida de desejo, pra menina assanhada, pra dor de corno e pra desenferrujar a ardência do pau!

— E por que está dentro dessa mala? — eu quis saber.

— Inda não tenho a poção de convencer as pernas de andar e, como vamos pra muito canto, ficou mais fácil de me carregar emalado!

Come Zero, pelo sim e pelo não, arrematou umas poções em troca de uns de seus livros, e depois de nos divertirmos com os mambembes, nos preparávamos pra partir quando um sujeito com uma cara fina, tal qual uma raposa, veio se achegando. Ele falava cheio de sibilância e carregava um sotaque de lugar nenhum de conhecimento meu. Estava vestido com calças justas e trazia um casaco curto de rabeira nas costas.

— Poderia ir com vocês? — perguntou.

— Tu nem sabe pronde vamos — falei, já irritado, com a fala desalinhavada de educação.

— Procuro uma coisa que... perdi, e fica mais fácil de achar estando de companhia!

— Nós vamos partir já: não estamos com ideia de esperar o amanhecer — disse Come Zero, também um tanto ressabiado.

— Pois é justo o que me convém! A noite! — respondeu o homem.

— Que seja, mas você não tem montaria nem matulão?

— Não careço. E andar atrasado de vocês não vai me fazer mal.

— Não tou gostando disso: num gosto de homem no meu rastro... — cortei eu.

— Eu lhes dou cinco contos — disse o homem.

— Está bem, mas, na próxima parada, tu te arreda. E por falar nisso, como te chamam? — perguntou Come Zero.

— Meu nome é Sombral, seu criado!

No princípio da manhã, nós três havíamos chegado a uma região toda plantadinha, cercada por uma cerca pintadinha de branco. Uma casa no alto fazia uso de seu fogo à lenha, exalando um aroma convidativo. O sol começava a subir quando senti um alvoroço estranho. Olhei para trás, já empinando minha lança, e vi Sombral enrolando uma coisa atapetada que partia das minhas costas.

— Que tu tá fazendo, hômi?

Sombral estava a enrolar a minha sombra! Foi então que vi que o sibilante, cabra da peste, não era provido de sombra e estava querendo se apossar da minha!

Ágil, saltei do cavalo e segurei a tempo minha própria sombra.

— Maldito do demo! Então era por isso que tu queria andar de detrás da gente! Tu é um desenganado dos infernos que nem sombra tem!

Como um bicho acuado, Sombral agarrou o jegue e fugiu como um alucinado. No seu rastro, um insuportável cheiro de enxofre.

PAIXÃO, LOUCURA E MORTE: A SINA DO HERÓI

Obcecado com os ideais cavalheirescos de D. Quixote, eu decidi levantar minha lança para defender os indefesos e destruir os maus, como aqueles com quem cruzei na minha jornada. O atirador de facas, o assassino de Zé Pião, o roubador de sombra e tantos mais que aparecessem! Come Zero e eu caminhamos pelas estradas em busca de justiça e glória. Mas não são nas coisas incomuns que se criam os heróis. A ralé dos não-presta é toda sonsa: estes sujeitos se apresentam como viajantes, têm boa fala, mas, no fundo das intenções, são tudo cobra. Eu, por minha vez, inda sonhava em encontrar Fininha. Achava que ela podia não ter morrido, que aquilo que aconteceu foi uma das pragas das bruxas. E eu iria resgatá-la daquele encanto. Com essas cismas, eu não queria comida, abrigo e conforto.

Tudo o que eu queria era rever a minha amada. Minha razão, perturbada pelas ideias, fazia com que eu, a cada sombra e a cada pessoa que cruzasse, imaginasse que se tratava de um inimigo. Come Zero, alerta, dizia que a paixão e os problemas pelos quais eu passei estão querendo se apossar da minha alma. Ele tentava contar outras histórias, mas eu só tinha uma ideia:

matar Zé das Facas, achar o assassino de Zé Pião, o Sombral e todo aquele que representasse a má fé, a injustiça e a calamidade. Comecei a acreditar que Fininha me amava e por mim esperava no Morro Cabeça do Tempo. A febre se instalou e não passava. Meus olhos, a cada dia mais alucinados, e minha mente perturbada me faziam explodir em más falas com todo aquele que se aproximasse. Na nossa caminhada, ouvi histórias de amantes traídos e acreditei que o inimigo estava mais próximo do que eu imaginava e devia de ser morto.

Num final de um dia cheio de sol, mas já envermelhecido no poente, eu vi os moinhos, eram os moinhos de D. Quixote que se transformaram nos meus inimigos. Parti em cavalgada, enlouquecido, em direção a eles. Chegou a hora da vingança!

A partir daqui, eu, Come Zero, alinhavo o resto da história: meu amigo Miguel, alucinado de febre e fraco da cabeça pelos dissabores, acreditou ver moinhos que se transformavam em seus inimigos, balançando suas armas, furiosos, o chamando para uma luta final.

Eu tentei detê-lo, mas era tarde demais. Ao investir contra as modernas torres eólicas como se moinhos fossem, os seguranças o prenderam. Enlouquecido, Miguel retirou de sua algibeira as sementes do esquecimento e as mastigou furiosamente.

— Se não matei o inimigo, quero esquecer minha vida, minha sina... sou um cavaleiro à espera da morte.

Eu o peguei nos meus braços e chorei ao ver meu amigo tão amargo e derrotado. Um herói que não vinga seus sonhos não tem lugar neste mundo...

— A morte e o esquecimento, Come Zero, são o fim do caminho do guerreiro, a sina do herói... — disse ele.

Vendo que o homem alucinava, os seguranças o soltaram, e Miguel saiu caminhando, solitário, em direção ao infinito.

FIM

ANEXO 1

Letra cantada em versinho pelo personagem Come Zero[1]

Nas areias da caatinga
Em pleno sertão-solidão
Encontrei uma pessoa
Que ganhou meu coração!
Era um rapaz novinho,
Curioso e arretado
E por isso mesmo
Me deixou muito encantado
Ele estava à procura, para vingar sua dor
Pois perdera as pessoas mais queridas
Por um maldito agressor!

Eu sou um viajante diferente
Pois carrego livros para toda essa gente!
São histórias antigas preciosas
Que ajudam a moçada
A pensar com temperança
Suas queixas e vinganças!

---

[1] Apresentação do personagem quando encontra Miguel perdido, sentido e vingativo.

Comecei a cantar, pois a música sempre encanta,
E o rapaz atordoado perguntou "o que você canta"?
Toda noite, com a claridade da lua, eu lia um trecho
A pretexto de ensinar o rapaz a mudar!
E assim, numa caminhada sem rumo,
Começou a se encantar!
Dom Quixote era o tema que Miguel se encantou
E passou a ser seu personagem aquele que adotou!

ANEXO 2

As histórias paralelas à jornada

A história de Come Zero

— Fui batizado com o nome João Batista Ferreiro e era o filho mais moço, temporão e de fechamento da família Ferreiro. Anaclécia e Eduardo eram os meus pais. Viviam às turras: ela, personalidade forte e inteligente, havia sido educada pelas freiras, na Bahia. Ele, trabalhando numa estrebaria, não teve contato com as letras e, de arte, só entendia das ferraduras. Curiosa, minha mãe descobriu que seu nome poderia ser dividido em duas partes: Ana, eu, pelo que aprendeu com as freiras, era um prefixo latino...

— Que é um prefixo? — perguntei.

— Ah! É um pedacinho de palavra ou umas letrinhas que se bota na frente das letras principais... coisa assim! — respondeu Zé Pião.

— Continuando a história, o tal prefixo era um tipo de negação de alguma coisa, e Clécia queria dizer "aquela que tem fama". Juntando, seria aquela que não tem fama. "Tudo bem, não serei famosa. E pouco me importo. Mas vou deixar minha marca, ah! Ora se vou", dizia ela.

Os dois se conheceram na festa de são João Batista, na cidade de Cruz das Almas, Bahia, perto de Castro Alves, onde ela morava, e Muritiba, cidade onde Eduardo residia. Uma havia ido a convite de sua madrinha, dona Rendinha, e o outro, sido chamado parra ferrar os cavalos do sítio Paraguaçu, de um coronel que admirou seu trabalho caprichoso quando esteve em Muritiba a negócios.

Esbarraram-se na barraquinha de comidas típicas: pamonha, canjica, mungunzá, amendoim, bolos de carimã, aipim e fubá, milho assado e cozido eram os quitutes. Bateram o olho um no outro e riram de suas mãos cheias das delícias culinárias.

“Vem sempre aqui?”.

“Em Cruz das Almas?”

“Eu ia dizer nos festejos... dizem que o São João daqui é conhecido!...”

“Venho não! É minha primeira vez. E você?”

“Também! Por falar nisso, meu nome é Eduardo! E o seu?”

“Anaclécia.”

Ficaram alguns segundos calados.

“Mas eu não gosto do meu nome.”

“Ora! Por quê?”

“Significa *a que não tem fama*!”

“E isso é ruim?”

“Depende...”

“Eu não gostaria de namorar uma moça que tivesse fama...”

“Ichi! E quem disse que sou tua namorada!?”

Eduardo avermelhou que nem pimenta brava. Os dois riram e ficaram o resto da festa conversando. E de conversa vai, conversa vem, saíram de lá namorados.

Anaclécia gostou do moço: morenão, braços fortes, cabelos castanhos e lisos caindo pela testa e, sobretudo, um sorriso tão largo quanto sincero.

“Tia, estou namorando!”, disse ela.

Tia Rendinha ficou feliz da vida. Ela colocava todas as suas esperanças na sobrinha, sua afilhada. Rendinha nunca se casou. Gostar de alguém, gostou. Até mais que isso: foi apaixonada por um homem chamado Paulo. Só que Paulo já havia optado pela castidade, franciscano que era. Mesmo assim, os dois não escondiam sua paixão. "Um dia, se conseguir a minha liberação, eu deixo a ordem e caso contigo, Walkíria". Sim, porque Walkíria era o nome dela. A partir daquele dia esperançoso, ela começou a tecer rendinhas para seu enxoval. "Rendinhas são um trabalho de paciência, e é isso o que eu preciso para aguardar a liberação de Paulo", dizia ela. E tanto rendou que os anos foram passando e seu nome mudou para Tia Rendinha, mas eles nunca se casaram: no dia em que Paulo recebeu uma pré-autorização, de tão feliz que ficou, enfartou, e nunca mais ela gostou de namorar.

"Anaclécia, se vocês estão se gostando, e se ele é um bom moço, não espere demais! O tempo é traiçoeiro, menina!", avisou ela, escolada pelas esperas e armadilhas dos futuros.

Os dois se casaram ao final de dois anos. A madrinha dela, como não poderia deixar de ser, foi Tia Rendinha. Escolheram fazer a cerimônia na cidade da Tia, Amargosa, porque a festa de São João de lá era a mais famosa de todo o Nordeste. Pelo menos era o que Tia Rendinha dizia.

Rendinha havia se mudado de Castro Alves, onde sua família residia há muitas e muitas décadas e onde morava Anaclécia com seu pai e sua mãe, irmã de Rendinha, porque tudo naquelas bandas lembrava o frei Paulo. E de amarga que ficou, escolheu uma cidade de nome de parecência igual ao de sua alma: Amargosa.

"Mas por que Amargosa, minha filha?", perguntava dona Socorro, sua mãe.

"Porque assim estou e, se lá existe esse nome, não vou me sentir desamparada."

E foi. Pra sobreviver, fazia rendas. E como solteira era, passou a ser chamada e conhecida como Tia Rendinha, a fazedora de rendas.

Amargosa não era uma cidade de lamentos, apesar do nome. Na verdade, se chamava Vila de Nossa Senhora do Bom

Conselho de Amargosa. Em 19 de junho de 1891, a vila foi elevada à categoria de cidade, e seu nome adveio da caça das pombas de carne amarga que faziam parte da fauna local e, pelo convite "vamos às amargosas", atraiam caçadores da região. Além disso, a cidade, muito da festeira, a festa de São João acontecia todos os anos na Praça do Bosque, é o principal destino junino da Bahia e um dos maiores do Brasil. São vários dias de festa, recebendo, por dia, milhares de pessoas de vários estados brasileiros. É tida como a melhor festa junina do estado da Bahia e está entre as cinco melhores festas juninas do país. E justamente no dia de São João, há o Forró do Piu-Piu, que é uma festa particular que ocorre todos os anos e conta com grandes bandas do país, que se concentram no Hotel Fazenda Colibri. E foi lá, nesse contexto, que meus pais se casaram e tiveram seis filhos em carreirinha. No final da sexta barrigada, minha mãe achou de bom termo parar de embuchar.

"Eduardo, sei que seu nome diz que você é próspero e guardião, mas vamos falar a verdade: de próspero a gente não tem nada. E pra guardião, seis filhos já bastam". Só que nasceu mais um, eu, e me deram, como eu falei, o nome de João Batista, em homenagem ao santo que os fez se conhecerem e no dia do qual os dois se casaram.

Não tinha jeito: meu pai era apaixonado por minha mãe e, até morrer, declarava seu amor cantando para ela o hino de Cruz das Almas como uma forma de gratidão ao destino que os uniu. Vou cantar um pedacinho procês:

Cruz das Almas, recanto formoso,
terra forte, aprazível, feraz,
a pujança da Pátria nos lembra
teu ardor de progresso e de paz!

Minha mãe, que, por ser filha única de Socorro e Valdemar Salgado, teve uma educação privilegiada: estudo, como eu disse, com as freiras no único colégio particular de sua cidade e aprendeu as boas artes das moças, as leituras, os poemas e as artes do lar. Um ano antes de terminar seus estudos, seu pai morreu em situação nada agradável: foi encontrado nu e enfartado num bordel, A Casa de Dona Mindinha, nas redondezas de sua cidade. Dizem que sua mulher, Socorro, cheia de orgulho e envergonhada, nem compareceu ao velório. Só foi ao cemitério, segundo as más línguas, para ter certeza de que o caixão do defunto estava mesmo fechado. Tudo foi cuidado pelo padre Sião, o confessor da família e confidente de todos. Depois disso, foi passar um tempo em Amargosa com sua irmã Rendinha. Nada mais apropriado.

Minha mãe sempre tentou dar aos filhos uma educação de qualidade. A escola que havia por ali não tinha recursos, de forma que ela somou, à educação escolar, o seu conhecimento dos livros. Dos filhos, o que mais aproveitou desses ensinamentos foi João, eu.

Quando nasci, sete anos depois do então filho caçula, a mãe não conseguia fazer brotar leite de seu peito murcho. Foi uma dificuldade. Eu não me ajeitava com leite algum. E ela, que já estava com 44 anos, ficou de tristeza.

"Essa menina está com o *vazio da barriga*!", diziam as mulheres.

"Que isso que tão falando, minha mulher? Que vazio é esse, dona Socorro?", perguntou meu pai assustado.

"Quando a mulher não pode mais embuchar, a barriga fica carente de criança, tão acostumada que estava de engravidar! São conversas de mulher, Eduardo: há uma mãe de fora e uma mãe da barriga, que é a que cuida da criança no útero. E quando ela não tem mais função, entristece com a barriga vazia."

"E minha mulher não vai ficar boa?", angustiado, perguntou ele.

"Se ela se conformar, sim."

"Mas a Anaclécia tem estado abatidinha!... tou com medo!"

"Espero que o pior não aconteça: a mãe da barriga dela já tirou o leite das mamas..."

E ela realmente adoeceu. Desgastada pela vida dura e pela preocupação comigo, que não comia nada, ela foi minguando e, três meses depois, morreu de câncer, a doença da tristeza.

Eu vinguei, ninguém sabe como. Parecia que desgostava das comidas. E daí veio meu nome Come Zero.

O meu pai, Eduardo, em homenagem à esposa, minha mãe, passou para mim os livros que ela adorava. Meus irmãos seguiram a profissão do pai, e eu fui viver com um tio em Muritiba. Aos 12 anos, sai dali para o mundo.

"Tio, não quero mais ser um peso para o senhor: vou procurar meu rumo e trabalhar."

O tio deu sua benção e 200 dinheiros para eu começar minha vida. Trabalhei no arado, na colheita, na feira, nas vendas. Sempre carregava meus livros e contava histórias para aqueles que ia conhecendo e trabalhando com. Conversador, sempre fui. Por isso ganhava amigos e conhecimentos em toda a parte. A educação que meus pais me deram me tornou um homem de caráter reto, sentimento e de justiça acima de qualquer lei de Deus ou dos homens. Decidi que de nada muito precisava e que minha missão era passar meu conhecimento e ajudar as pessoas. Um dia, pouco depois dos limites de Fronteiras, encontrei um homem que caminhava só. Seu porte esguio e seu olhar lembravam o herói de um dos livros que eu carregava: Dom Quixote. E resolvi acompanhá-lo.

Come Zero ri e os dois se abraçam.

Um homem chamado Visão

— Ele me contou, Miguel, que há muito tempo, nas beiras do rio Jutaí, no município do mesmo nome, havia algumas aldeias de índios, entre as quais, as dos Catuquinas, Marauás, Ariaceus e outros. Nesse tempo antigo, o rio não havia sido batizado, só tendo ganho seu nome em 1875, por ordem do comendador Pimenta Bueno. O povoamento de Jutaí só começou no século XX, embora suas origens sejam do século XVII, quando o jesuíta Samuel Fritz fundou a Aldeia de Tefé.

Visão é um índio da tribo dos Catuquinas, ou KatuKinas. Na verdade, ele era filho do cacique Baquara, que, segundo ele, quer dizer "O Sabedor das Coisas", irmão do pajé da tribo Neianaua, o "Povo do Céu", de nome Abequar, que quer dizer, como ele me falou, "Senhor do Vôo".

Quando Visão, que, na época, se chamava Ava Etê, ou "Índio Bom", perdeu seu pai, de sarampo, no contato que teve com o povo da cidade, passou a ser criado pelo tio e pajé, Abequar. O pajé reconhecia no menino um poder acima do comum, mas seu olhar, sempre inquieto, parecia buscar o mundo para além das fronteiras da tribo. Ele soube que um dia o menino partiria e que, portanto, não seguiria seus passos. Foi quando passou a chamá-lo de Raira Pajeraneyma, isto é, o "Filho que não será pajé". Na verdade, Ava Etê assimilou muitos conhecimentos de Neianaua e sabia os segredos das ervas e dos animais assim como a manipulação desses animais e dessas plantas no proveito da cura. Desenvolveu uma sensibilidade que o permitia ver além: ele enxergava as doenças do porvir e os males da carência de paixão. Mas como não há bem que sempre dure e mal que não se acabe, o destino interferiu nessa paz e direcionou os acontecimentos a outros rumos.

Quando Ava Etê contava seus 18 anos, Abequar sentiu a morte que se aproximava e o chamou:

"Raira Pajeraneyma, tenho que te falar sobre um fato que ocorreu há muito tempo, antes mesmo que você houvesse nascido."

"E quer me contar porque sente que chegou ao fim a sua jornada na terra."

"Isso mesmo. Como eu já esperava, você já havia visto os passos da minha morte que se aproximava..."

"Conte-me o segredo há tanto tempo guardado. Eu o escutarei com atenção e guardarei o sigilo."

"Seu avô teve dois filhos: seu pai, Bauara, e um outro, de nome Nambiquara, ou 'O de Fala Inteligente'. Nambiquara era o mais velho e, pela tradição, seria o cacique que lideraria a tribo após a morte do pai, meu irmão. Mas Bauara sabia que ele, apesar de esperto, era da tribo Iua, que quer dizer 'pessoa ruim, de sangue ruim'. Um dia, um índio Uapixana, que é de uma tribo do ramo Aruaque, visitou nossa aldeia. Ele viu logo que se tratava de um Goitacá, um nômade, que não pára em lugar nenhum. Ninguém gostou da presença dele. Índio que se desapega de sua gente pra rodear terras dos outros está querendo ou confusão, ou negociar alguma coisa com proveito e intenção suspeita. E foi o que aconteceu: ele sabia que, na sua tribo, se usava uma poção que sua gente desconhecia. Mas não era para passar conhecimento ou cura que ele queria se informar. Ele queria vender para os brancos um segredo nosso. 'Ora, os brancos podem ser até gente do bem', disse ele, mas logo pensou que usar uma coisa para ganhar dinheiro não era correto. Mas o índio se fez de interessado e acabou, como se amigo fosse, se achegando a Nambiquara, que passou a assistir a alguns rituais e aprendeu a usar os conhecimentos, passando-os ao índio Uiapixana. Este, assim que se apossou do saber, desapareceu da tribo. De fato, Nambiquara vendera o conhecimento. Mas punir ou lamentar isso não estava mais em suas mãos. Mesmo porque, depois disso, ele, talvez envergonhado da traição com nossa tribo, desapareceu e nunca mais foi visto. Nunca mais usaram a poção."

Mas seu avô disse que agora queria passar o conhecimento porque ele ia precisar dele.

"E eu o usarei para a cura das pessoas", disse Visão.

"A tua visão já te mostrou!", falou o avô.

"Mas sei que, num tempo futuro, perderei a minha visão e apurarei o meu saber."

Abequar morreu naquela noite, e, no final desse mesmo mês, Ava Etê, ou o Visão, como nós o conhecemos, partiu para cumprir sua missão de cura. E como o destino anda de mãos dadas com a intenção, ele acabou encontrando, nas suas andanças, o seu tio Nambiquara numa região do sertão. Ele parou para descansar quando um homem idoso e baixinho se aproximou:

"Caminhante! De onde você vem?"

"De longe", respondeu Ava Etê.

"Tem companheira?"

"Não."

"Você me parece abatido e cansado de pernas e fraco de tesão!"

"Estou muito bem."

"Me procure mais tarde que eu tenho uma poção que vai lhe devolver as forças e avivar teus bagos!"

Nesse instante, Ava Etê olhou para o velho e soube que ele era o seu tio, o mesmo que roubou o segredo da poção do pajé Abequar.

Ava Etê desgostoso, partiu dali. Sua missão era a de encontrar pessoas que dele precisassem. Mas à medida que o tempo passava, ele foi perdendo a visão dos olhos e aguçando a da intuição. Ao chegar numa pequena aldeia entre Fronteiras e Morro Cabeça do Tempo, se afixou. O povo dali não sabia, mas estava enfeitiçado. Bem recebido, passou a ser chamado de Visão, pois via coisas que ninguém enxergava e podia retardar os males pelos seus sábios conselhos. Um dia, houve uma festa, a Festa da Pontaria, e ele soube que, por causa dela, muitas moças da aldeia iam se encantar por um homem que nada mais era do que um objeto de feitiço. Assim como soube que um caminhante sonhador, de nome Miguel, acompanhado por um sujeito que nada comia, o Come Zero, iria mudar o rumo da história daquela gente.

O segredo do sapo Kampú

Depois de ter perdido sua mãe, assassinada pelo pai, e visto a vó Céu se desfazer em areia, depois de descobrir que o corpo mutilado, encontrado no meio do caminho para Morro Cabeça do Tempo, era de seu amigo Zé Pião e, como se não bastasse, ter perdido sua amada, enfeitiçada pelo Matias das Facas, parecia que sua missão de derrotar os inimigos não terminaria nunca. Ao se despedir de Mestre Abílio e os Alegrantes, Miguel ainda teve uma experiência surpreendente com um sujeito que, vindo não se sabe de onde, pediu para acompanhá-los. Não foi uma experiência agravável, mas, dessa história, trataremos mais tarde.

A cada distância que percorria, Miguel, mais firme, se dispunha a enfrentar seus inimigos. A obsessão ganhou tal força, que ele era tomado por acessos de febre intensa e delírios. Numa determinada manhã, ao passar perto de um ribeirinho, Miguel e Come Zero encontraram um sujeito agachado com os braços todos marcados de queimaduras. Os caminhantes aproximaram-se do homem e deram os bons dias, indo colher água para seus cantis.

— Se me desculpe perguntar — falou Come Zero, apontando para os braços feridos do homem —, o senhor esteve a lutar com algum bicho selvagem?

O homem o olhou, calado por um momento, e voltou sua atenção para a água do ribeirinho.

— Se com algum animal lutei, foi com o que mora dentro de mim... — respondeu ele, enigmático.

Come Zero, com seu jeito com as pessoas e seu interesse por histórias para ouvir e recontar, suspirou e disse que cada pessoa carrega um peso, seja de saudade, seja de arrependimento. Sentindo-se confortável, ou desistindo de carregar sozinho seu segredo, o homem despejou sua história.

Sua origem era indígena e pertencia à tribo Catuquinas. Contou que o espírito da inveja o havia levado a vender, para um desconhecido, um dos segredos de sua gente. Ele sentia-se preterido, pois seu irmão mais novo havia sido designado a ser o cacique depois que o seu pai, que ocupava essa função, faleceu. Como vingança, ele apossou-se do segredo de uma certa poção e o vendeu ao membro de uma outra tribo, que, por sua vez, o passou para uns brancos, que se apossaram e comercializaram com laboratórios.

— E o que é essa poção? Pergunto porque ouvi falar desse assunto com um velhinho que conhecemos há alguns quilômetros, na direção leste daqui.

— Ah! Acho que sei quem é: é o Zum, não é?

— Ele mesmo!

— Como ele havia sido guia dos brancos e falava tanto a nossa língua como a dos brancos, pode ganhar confiança e fazer parte do arranjo...

— Mas do que se trata, afinal?

— Do sapo Kampú extraímos uma secreção, cujo poder é 40 vezes maior que o da morfina. Se você usar essa secreção sem nenhum tratamento, direto na pele, depois de fazer cortes no braço, vai ter um aumento da resistência física e diminuição da fome. E ficam essas marcas, que vocês podem ver nos meus braços... O resultado é muito bom para os guerreiros e para a caça, pois o caçador fica resistente e não carece de fome nem de tristeza. Mas sabemos que ela cura todos os males: é só saber usar, como fazia meu tio, o pajé Abequar, irmão de meu pai, o cacique Baquara. O Zum disse que os homens brancos me dariam muito dinheiro, mas nunca recebi nada. Ou ele abocanhou tudo, ou foi também enganado.

— Não me parece que ele ficou rico, pelo contrário: ele vive de favores. O que parece é que ele aprendeu a fazer a poção ou ganhou algum frasco e o usa como o que ele chama de "assanhadeira", que seria um estimulante sexual!

— Não duvido nada! — disse o índio — Mas se assim é, ele já foi castigado. Quanto a mim, só me resta a vergonha!

— Por que não volta para sua tribo?

— Eu não mereço. Devo viver e morrer só: essa, é minha sina.

Os três se despediram. Come Zero tinha, agora, mais uma história para contar. Miguel, por sua vez, estava ainda mais convencido de que os inimigos eram muitos e que a raça humana era pior do que jamais imaginou sonhar.

— Um dia desses, encontro todos esses pestes juntos e vou acabar com eles com uma lança, que nem Dom Quixote, ora se vou!

A sombra do meio-dia

Dizem que o meio-dia é a hora do recolhimento das sombras. Nesse momento, o corpo engole o seu duplo opaco e passa a ser senhor absoluto de sua matéria. E a sombra, irritada por não poder espiar o que acontece com seu senhor e dono, desenvolve uma revolta crescente e tece um plano de vingança: um dia, se absentará de seu dono e regerá a sua própria forma. Mas uma sombra caminhante, sem a referência de uma forma concreta, assustaria os passantes e seria evitada como manifestação do maligno. Assim, ela pensou num plano ousado: sairia daquele corpo durante uma escura noite e, misturada à obscureza natural das altas horas, percorreria os caminhos que bem entendesse, ampliaria seus limites, respiraria por vontade e iniciativa própria e, depois, voltaria para sua submissa origem, aos pés de seu possuidor.

Sombral era um menino sinuoso: seu maior divertimento era enganar os desprevenidos, assustar os distraídos e esconder-se só pelo prazer de ser procurado. Um dia, ao tomar banho de cachoeira, descobriu que sua sombra não se delineava, confusa e rarefeita, no meio do caos das águas. E passou a espalhar a notícia de que era o único no mundo que podia encolher a sua sombra fora do meio-dia. Sua sombra, que até então era uma seguidora fiel, sentiu seus brios atingidos por tamanha afronta e mentira deslavada. E, na primeira noite de lua nova, ela se vingou: saiu de seu corpo e partiu para bem longe.

Ao acordar, Sombral, sempre tão gabola e faroleiro, foi juntar-se aos outros camaradas na praça central da cidade. E qual não foi a surpresa ao verificarem que o magnata das façanhas, o grande contador de vantagens, não trazia a sua sombra colada aos seus pés!

— Deixaste sua sombra em casa ou a perdeste nas cachoeiras? — perguntaram os rapazes em tom de troça.

A palidez de Sombral delatou que não se tratava de um truque. Desconfiados que ele tivesse feito um pacto com o diabo e certos de que um homem cuja sombra não o acompanhasse não era boa companhia, eles se afastaram.

Esvaziado de seu orgulho, confuso e desconcertado, Sombral abandonou aquela cidade e passou a viver nas trevas, onde não pudesse ser delatado.

Mas ele não se conformava. Então, arquitetou um plano. Logo que a noite terminasse e os primeiros raios de sol aparecessem, ele se acercaria de um sujeito desprevenido e enrolaria sua sombra à medida que ele fosse crescendo com o início da claridade matinal. Em seguida, pisaria no seu recém adquirido formato e fugiria dali, satisfeito com sua nova sombra.

Mas o que ele não contava é que justo o sujeito que escolheu para se apropriar de sua sombra era um cabra alerto e disposto a lutar contra seus inimigos. E assim, Miguel, o caminhante, na sua jornada contra o mal, escapou de mais uma investida traiçoeira do destino.

Os tesouros de Come Zero: das leituras às loucuras

Certamente havia, na sacola de Come Zero, livros de conteúdos variados que iam de uma enciclopédia incompleta, passando pelos ensinamentos de Rousseau e os poemas de Jean Cocteau, às Fábulas de La Fontaine e, claro, ao Dom Quixote, de Miguel de Cervantes.

— Miguel, dos muitos livros que li, e olha que não foram poucos, eu guardei alguns que considero especiais. Tem verdades, Miguel, que servem que nem receitas de remédios! Você, Miguel, está endurecendo seu coração e fala de vingança... escute só o que disse um escritor que eu admiro muito, o Rousseau, que viveu no século XVIII: "O homem nasce livre, e por toda a parte encontra-se acorrentado". Neste Livro, Miguel, que se chama *Contrato Social*, ele questiona o motivo de os homens viverem sob os grilhões da vida em sociedade e abandonarem o estado de natureza, uma vez que todos nascem homens e livres!

— Mas de que me adiantou a liberdade se o destino me aprisionou e me armou ciladas? Você acha mesmo, Come Zero, que eu poderia continuar um homem livre e puro depois de ver tanta maldade?

— Eu sei, Miguel, mas como o escritor disse, os homens podem conservar sua bondade natural, porque eles são bons por natureza, mesmo quando convivem ou fazem parte de uma sociedade corrupta e má!

— Eu sou de sangue quente, nordestino. Quem me fêz sair da pureza foi aquele que me devia proteger. E o que eu tenho... nós temos, né, Come Zero? O que temos visto pelas nossas andanças são mortes, ganâncias, tapeações, injustiças! Você acha que o tal homem puro pode continuar acreditando na humanidade? Pode ser inocente, achando que a felicidade está ali adiante? Não! Temos mais é que nos armar contra os inimigos!

Nesse momento, passaram por uma encruzilhada. Bem na divisa desta, havia uma "capelinha", que é uma imagem de nossa senhora dentro de uma espécie de casinha com portinha de vidro e cercada de flores. É uma tradição portuguesa que serve para desejar, ao viajante, proteção e uma boa caminhada. A "casinha" da santa é cercada de flores e bilhetinhos dos fiéis que por ali passaram. Os dois se aproximaram, e Come Zero leu em voz alta os bilhetes.

As rezinhas:

"Eu aprendi a fazer as correntinhas de crochê naquela tarde, sozinha, e me dei conta que minha vida era de uma tristeza que só. A partir de então, a cada dia, eu fazia mais e mais cadeinhas e me dava conta do tamanho da minha tristeza...".

"Eu achava que era amada, mas era uma ilusão não sei se minha, não sei se do João, meu marido. Se eu estava trabalhando nos quintais longe de casa, ele se zangava e reclamava que não era boia fria nem ali estava para esquentar comida. E quando adoeci das pernas, ele se irritava porque eu comecei a evitar grandes caminhadas. Daí, ele não me beijava mais de paixão, era só um ligeiro e assoprado tocar nos lábios e virar a cara pras coisas dele. E foi assim que eu soube que eu morria de solidão...".

"Lavei a roupa suja de sangue e nem perguntei que sangueira era aquela: sabia que, se me mostrasse curiosa, a próxima vítima seria eu. Santinha, eu não quero morrer agora. Agora não".

"Minha mãe fez promessa pro santinho de eu me tornar padre. Mas, Deus que me perdoe, eu não tenho vocação. Posso me arrepender, mas hoje, depois de badalar o sino da noite, vou embora e não penso em voltar mais".

"Vento, vento! Me leva embora sem demora. Não vejo jeito de ganhar esperança nem acredito em Nossa Senhora!".

"Dindinha Lua: dizem que sou alucinado, mas sei que você me protege e sorri. Quero um dia ser um homem do trabalho, mas não sei se consigo...".

Come Zero, tentando resgatar o jovem puro que conheceu, recitou uma poesia que, de tão bela, já o fez chorar muitas vezes. "Afinal, todos nós erramos em algum momento da vida", pensou ele, comovido. Pegou um de seus livros carcomidos pelo tempo e pelas lágrimas e recitou para aquele jovem desejoso de vingança e despedaçado de esperança:

[2]*Aproveitei-me, confesso, de certos acidentes*
Do mistério e de erros de cálculos celestes.
Aí está toda a minha poesia: eu decalco
O invisível (o que para vós é invisível)
Ao crime disfarçado em traje desumano,
«Mãos ao alto!», gritei eu, «É inútil reagir»,
A encantos informes tratei de dar contorno;
Das astúcias da morte a traição informou-me.
Com tinta azul fiz aparecer, de súbito,
Fantasmas transformados em árvores azuis.
Será louco dizer que é simples ou sem perigo
Empresa semelhante. Incomodar os anjos!

— Esse poema de Jean Cocteau, Miguel, mostra que, na sua sede de vingança e na sua caça aos inimigos, poderia haver um tanto de alucinação. O que eu quero dizer pra você, meu amigo, é que, por pior que seja o homem, sempre há, nele, uma esperança de regeneração... Veja, por exemplo, estes desenhos, chamados caricaturas: até mesmo quando exagera os defeitos, o autor conserva a dignidade humana...

Miguel sorri.

— Quem desenhou isso, Come Zero?

— Foi um homem do século XIX chamado Honoré Daumier. Não é muito conhecido, mas eu o admiro muito!

Mas foi com Miguel de Cervantes que Miguel se encantou ao ouvir as histórias de D. Quixote. E a cada dia, ao final da tarde, quando os dois se sentavam para descansar da jornada, Come Zero abria os livros de contornos dourados e lia para o amigo:

"Num lugar da Mancha, de cujo nome não quero lembrar-me, vivia, não há muito, um fidalgo, dos que lança [uma] adarga antiga, rocim fraco, e galgo corredor. [...] Era rijo de compleição, seco de carnes, enxuto de rosto, madrugador, e amigo da caça..."[3].

---

[2] "A Poesia", de Jean Cocteau.

[3] *Dom Quixote de La Mancha — Livro Primeiro,* de Miguel de Cervantes.

— Me soa bonito, Come Zero, mas são palavras que não pertencem ao meu conhecimento... sou um homem simples, amigo!

— Ele fala que em um lugar bem longe daqui, Miguel, vivia um nobre munido de uma lança e de um escudo antigo, montado num cavalo fraco...

— E aí vem a parte que entendi: "Era rijo de compleição, seco de carnes, enxuto de rosto, madrugador, e amigo da caça..."[4]. Ele era que nem eu, não é mesmo, Come Zero? Do mesmo meu jeito! — disse Miguel, sorrindo.

À medida que ouvia o texto de seu novo ídolo, mais e mais, Miguel se identificava com ele, chegando mesmo a decorar algumas passagens do livro. E Come Zero, tal qual o fiel Sancho Pança, o olhava comovido e, a cada cair da noite, lia mais um pedaço da literatura.

"Com estas razões perdia o pobre cavaleiro o juízo; e desvelava-se por entendê-las, e desentranhar-lhes o sentido [...]. Em suma, tanto naquelas leituras se enfrascou, que as noites se lhe passavam a ler desde o sol posto até à alvorada, e os dias, desde o amanhecer até fim da tarde. E assim, do pouco dormir e do muito ler se lhe secou o cérebro, de maneira que chegou a perder o juízo."[5].

Come Zero começou a ficar preocupado: deveria continuar a leitura de D. Quixote? Estariam o herói e o caminhante de tal forma se misturando que a loucura de um autorizava os delírios do outro?

— Por que paraste de ler, Come-Zero?

— Temo por ti, Miguel... A desventura e a desgraça, assim como a tristeza e a malvadeza dos homens, estão sempre presentes, eu sei, mas tu tomaste o personagem como um modelo... Já te ocorreu, Miguel, que a cisma de um pode também levar à loucura de outro?!

— Se o destino assim quiser, amigo, eu o aceito. Não me negue a única alegria que me resta. Se lutar pelos meus ideais, assim como D. Quixote o fez, for meu destino, como eu o creio, e se a

---

[4] *Ibidem.*

[5] *Ibidem.*

loucura for o preço que devo pagar, não me importo. Um cavaleiro, mesmo sobre um cavalo como o meu, não foge à luta. Portanto, Come Zero, continue a leitura, por favor...!

E Come Zero continuou as leituras, ora no descanso do final da tarde, ora durante suas cavalgadas. A leitura era o pano de fundo para aquela saga, a música que se cantava no silêncio das rústicas paisagens do sertão:

"Encheu-se-lhe a fantasia de tudo que achava nos livros, assim de encantamentos, como pendências, batalhas, desafios, feridas, requebros, amores, tormentas, e disparates impossíveis; e assentou-se-lhe de tal modo na imaginação ser verdade toda aquela máquina de sonhadas invenções que lia, que para ele não havia história mais certa no mundo. [...] Afinal, rematado já de todo o juízo, deu no mais estranho pensamento em que nunca jamais caiu louco algum do mundo; ... fazer-se cavaleiro andante, e ir-se por todo o mundo, com as suas armas e cavalo, à cata de aventuras, e exercitar-se em tudo em que tinha lido se exercitavam os da andante cavalaria, desfazendo todo o gênero de agravos, e pondo-se em ocasiões e perigos, donde, levando-os a cabo, cobrasse perpétuo nome e fama."[6].

Na ocasião em que Miguel saltou de seu cavalo e forjou uma tosca arma para enfrentar seus inimigos, Come Zero leu:

"Já o coitado se imaginava coroado pelo valor do seu braço, [...] e assim, com estes pensamentos [...], se deu pressa a pôr por obra o que desejava; e a primeira coisa que fez foi limpar umas armas que tinham sido dos seus bisavós, e que, desgastadas de ferrugem, jaziam para um canto esquecidas havia séculos. Limpou-as e consertou-as o melhor que pôde. [...] Dizia ele entre si: por mal dos meus pecados (ou por minha boa sorte), me encontro por aí com algum gigante como de ordinário acontece aos cavaleiros andantes, e o derribo de um encontro, ou o parto em dois, ou finalmente o venço e rendo; [...] se lançou ao campo, com grandíssimo contentamento e alvoroço, de ver com que felicidade dava princípio ao seu bom desejo [...].

Estes pensamentos não deixaram de lhe abalar os propósitos; mas, podendo nele mais a loucura do que outra qualquer

[6] *Ibidem.*

razão, [...] serenou, e seguiu jornada por onde ao cavalo apetecia, por acreditar que nisso consistia a melhor [das] aventuras [...] Caminhou quase todo o dia sem lhe acontecer coisa merecedora de ser contada; com o que ele se amofinava, pois era todo o seu empenho topar logo onde provar o valor do seu forte braço. [...]

Talvez a cavalaria e os encantamentos dos nossos tempos devam de seguir outro caminho do que seguiram antigamente; e também pode ser que, como eu sou cavaleiro único no mundo, e o primeiro que ressuscitei o já olvidado exercício da cavalaria aventurosa, também novamente se hajam inventado outros gêneros de encantamento e outros modos de levar os encantados. Que te parece, Sancho filho? [...] E, assim, naquele vagar e silêncio, andaram duas léguas, até que chegaram a um vale."[7].

Foi nesse momento que Miguel, já completamente tomado pelos seus delírios, achou que encontrou, reunidos, os inimigos que tanto ansiara enfrentar. Não eram os moinhos de D. Quixote, certamente, mas torres eólicas que giravam ao vento, como braços energéticos que o chamavam para uma luta inglória.

Os vigilantes das torres, assustados com aquele homem enlouquecido que se dirigia a galope contra as torres, berrando e blasfemando, o agarraram, desmontaram e o amarraram numa carroça, para levá-lo às autoridades.

— Quero que saibas, senhor cavaleiro, que vou encantado nesta jaula por inveja e fraude de maus encantadores, porque a virtude mais é perseguida pelos maus do que amada pelos bons. Cavaleiro andante sou, e não daqueles de cujo nome nunca a fama se recordou para os eternizar, mas dos que a despeito e pesar da própria inveja! — disse ele numa retórica assimilada à do personagem que encarnava.

Come Zero, emocionado, chorava. Chamou os vigilantes das torres e explicou que o amigo acreditava que as torres eram gigantes inimigos e, por isso, lutava contra eles. Mesmo assim, foi acordado que ele seria encaminhado para a cidade mais próxima. Come Zero, em respeito a seu nobre amigo, leu o texto que lhe pareceu mais apropriado, e todos se emocionaram:

---

[7] *Ibidem.*

"Diz bem verdade o senhor D. Quixote de la Mancha [...] porque ele vai encantado nesta carreta, não por suas culpas e pecados, mas pela má tenção daqueles a quem a virtude enfada e a valentia incomoda. Este é, senhores, o cavaleiro da Triste Figura, que talvez tenhais ouvido nomear, e cujas valorosas façanhas e grandiosos feitos serão escritos em duros bronzes e em eternos mármores, por mais que se canse a inveja em escurecê-los, e a malícia em ocultá-los."[8].

Nesse instante, mesmo os seguranças tinham os olhos marejados de lágrimas.

"Agora, senhores, quer me queiram bem, quer me queiram mal pelo que eu disser, a verdade é que o senhor D. Quixote vai aí [...] em todo o seu juízo, come e bebe, e faz todas as suas necessidades, como os outros homens, e como as fazia ontem antes que o engaiolassem. Tudo o que eu digo [...] é [...] para [...] que vejam que é uma consciência maltratar meu amo, e repare bem, não lhe vá Deus pedir contas, na outra vida, desta prisão, e do bem que meu senhor D. Quixote deixar de fazer, durante o tempo que estiver preso. [...] D. Quixote, contando-lhe brevemente o princípio e a causa dos seus desvarios, e o que lhe sucedera até ser metido naquela jaula, e a intenção que tinham feito de o levar para a sua terra, a fim de ver se, por algum meio, achavam remédio à sua loucura."[9].

E, antes de se calar para sempre, Miguel disse as palavras de D. Quixote:

"Sei e tenho para mim que estou encantado, e isto me basta para segurança da minha consciência, que ficaria sobressaltada se eu pensasse que o não estava, e me deixasse ir nesta jaula, preguiçosa e cobarde, defraudando o amparo que poderia dar a muitos necessitados, que devem ter a estas horas extrema urgência do meu auxílio e valimento."[10].

E mais, não disse. Dispensados os seguranças, Miguel e Come Zero seguiram em direção ao Morro Cabeça no Tempo. Eles sabiam que sua missão havia sido cumprida.

---

[8] *Ibidem.*

[9] *Ibidem.*

[10] *Ibidem.*